말 없는 자들의 목소리

말 없는 자들의 목소리

황모과 장편소설

래빗홀
RABBIT HOLE

차례

* 이 책에서 일부 표현 및 외래어는 소설 분위기와 당대 명칭 등을 고려하여 관용적
  으로 표현했습니다. 또한 '강' '다리' 등의 의미를 강조하고자 중복 표기한 부분이
  있습니다.

그 일은 일어나지 말았어야 했다.

일본 수도권 어딘가, 민호와 다카야는 나란히 언덕을 오르며 똑같은 말을 정반대 입장에서 떠올렸다.

검붉은 노을이 핏물처럼 언덕 위에 내려앉았다. 민호와 나란히 걷던 다카야는 잠시 걸음을 멈추고 검붉은 태양을 올려다봤다. 뜨기 시작하는 해인지 저물고 있는 해인지 구분할 수 없었다. 너무 오래 이곳에 머물렀다. 이제는 끝내고 싶었다. 끝나지 않는 비극을 반복해

원점에서 마주하는 일은 그만해야 했다. 적어도 자신과 같은 한 개인이 짊어질 수 있는 업보가 아니었다.

"여기가 맞는 거지?"

지하 통로로 들어가는 입구를 가리키며 민호가 다카야에게 물었다. 다카야가 고개를 끄덕였다.

두 사람은 이번 프로젝트, 같은 회차에 선발되어 만난 사이였다. 그런데 어찌 된 영문인지 다카야가 프로젝트와 관련된 디테일을 민호보다 훨씬 많이 알고 있는 듯했다. 다카야는 어느 재단의 특별 장학생이었다. 공모로 선발된 민호와는 출발선이 다른 모양인데 사전 정보 보유량에도 차이가 있는 듯했다.

지도에도 표기되지 않은 비밀 장소, '1923 간토 카타콤베(関東片今辺)'[1] 입구가 보였다. 아시아 홀로코스트 진상 규명 위원회가 특별 제작한 지도 속 명칭이었다. 두 사람은 깊게 허리를 숙이고는 신중한 걸음으로 비좁은 지하 통로를 걸어 들어가기 시작했다. 이끼로 가득한 부서진 비석들이 이곳 카타콤베의 지면과 벽면을 온통 뒤덮고 있었다. 내부에는 군데군데 훼손된 해골과 뼛조각이 튀어나와 있었고 한때는 각자 추모하는 이들에 의해 세워졌을 비석이 간편하게 이장된 채 입구를 지나 끝없이 늘어서 있었다. 민호는 어둠 속에서도 붉은 기운이 퍼지는 듯 으스스함을 느꼈다.

'무덤들로 무덤을 만들었구나.'

민호는 참담한 마음을 가만히 억눌렀다. 로마와 파리의 카타콤은 사람 뼈를 가지런히 모아놓기라도 했는데 말이다. 처절한 의미를 품고 각지에 흩어져 있던 능욕의 흔적들이 최소한의 예우도 받지 못한 채 바닥에 나뒹굴고 있었다. 오랜 세월을 거치며 희미해진 의미마저 이토록 깊고 단단하게 묻어버렸다. 이 장소를 기획해 조성한 자들은 누구도 이곳을 발견해선 안 된다고 생각했겠지. 절대로 발견될 리 없다고 믿었을 터다. 이곳의 연유를 생각하며 민호는 이 장소를 만들어낸 자들이 어떤 이들인지 또렷하게 유추할 수 있었다.

지하 터널 안은 스산했다. 아무렇게나 쌓인 비석 조각들과 파손된 유해들은 볼수록 비통했다. 이곳은 긴 시간을 겪으며 자연스럽게 생겨난 풍경이 아니었다. 인공적인 공간 안에 사람에 의한 죽음이 돌연히 쌓여 있었다. 보통의 죽음이었다면 가만히 놓여 있기라도 했을 것이다. 불편한 사실을 치워버리고자 손쉽게 이장된 죽음의 집합지. 귀퉁이가 잘려 나간 비석들이 여기저기에 뒤엉켜 있었다. 죽고 사는 일이 이곳에선 신의 일이 아니라 인간의 일이라고 적시하듯. 민호는 발밑에 비석들을 딛고 서 있는 자신의 걸음이 면구스러웠다. 이 아래에는 도대체 얼마나 많은 죽음이 다른 죽음들과 뒤엉켜 있는 걸까.

비석들은 애초에 연고 없는 죽음이었다. 나중에라도 찾아올 자들이 없는 완벽하게 인연이 끊어진 죽음, 결국 역사 속에서 풍화되고 말 죽음. 인연에 취약한 존재들을 대변하고 있었다. 처음 세워진 그 자리에 간신히 남았더라도 100년쯤 지나고 나면 비애감을 느낄 사람조차 남지 않을 작은 자국이었다. 곧 망각되고 말 순간까지 인위적으로 앞당겨진, 조작된 고별식이 거행되고 있었다.

냉혹한 현실 위에 민호는 망연히 서 있었다. 학살 피해자들의 생을 끝장냈던 참담한 차별과 폭력이 죽음 이후에도 작동하고 있다. 걸음이 쉽지 않았다. 죽은 자는 말이 없다지만 침묵하는 죽은 자들은 입에 재갈

물려진 약한 자들뿐이다. 추모하던 사람들의 작은 죄책감과 책임감마저 완전히 희미해진 채 비석들은 죽은 후에도 죽어가는 그림자가 됐다. 민호는 마음이 쓰렸다. 이곳의 죽음은 자신의 마지막 순간과 다르지 않으리라고 예감했다. 사람답게 살겠다는 약한 이들의 절규가 들리지 않는 세상이라는 점만큼은 100년 전이나 지금이나 다르지 않으니 말이다.

역사를 입맛대로 수정해 기록하려는 기획에 간단히 휘둘리는 대중들을 보고 자신감이라도 얻은 걸까. 일본은 청산되지 않는 과거사를 외면하고 회피하던 끝에 소소한 흔적까지 모조리 없애버리기로 했다. 전국 여기저기에 흩어져 있던 무연고 비석과 유골 등을 소리 소문 없이 모았다. 3D 채굴기로 깊게 판 지하 통로에 검증이 끝나지 않은 흔적들을 전부 던져 넣고선 시멘트를 부어버렸다. 이 장소를 찾아낸 시민사회 단체들과 학자들이 특정 시기에 공간을 채운 시멘트 성분만 골라서 제거하는 데에 수년이 걸렸다. 공권력은 시민사회의 역량을 헛되이 낭비하는 데에만 이토록 창의적이다. 민호는 홀로코스트 진상 규명 위원회에서 일하면서 겪게 된 끈질긴 방해 공작들을 떠올리며 고개를 절레절레 저었다.

다카야는 아까부터 멍하니 걷고 있었다. 민호는 다카야의 얼굴을 슬쩍 바라보며 한숨을 쉬었다.

'얘는 대체 뭘 하려는 거야?'

팔로워도 많지 않은 영상 채널을 운영하는 다카야가 소요카제 재단의 특별 관리 장학생이라는 이야기를 듣고 민호는 의아했다. 전공도 실력도 인성도 역사 의식도 딱히 두드러지는 면이 없어 아무래도 특별한 인재라는 인상을 받지 못했다. 민호는 궁금증에 소요카제 재단의 장학금 규모를 찾아보았다가 깜짝 놀랐다. 장학금이 아니라 노후 보장 복권 당첨금에 맞먹는 거금이었다. 알고 보니 1923년 간토에서 조선인 학살이 애초에 일어나지 않았다고 주장하며 창립된 관변 단체의 산하 재단에서 조달한 자금이었다. 소요카제 재단의 지원을 받고 이 프로젝트에 참여하는 일본인이라면 민호와 같은 시공에 놓여도 다카야는 전혀 다른 방향으로 걸음을 내딛을 게 뻔했다.

다카야는 언덕에 오른 직후부터 말이 없었다. 민호가 지하 통로를 지나면서 슬쩍 쳐다보니 어느새 다카야는 심하게 짜증스러운 듯 얼굴빛이 붉으락푸르락했다. 오래 만난 사이는 아니지만 위원회 사무실에서 보았던 모습과도 인상이 달랐다. 그늘 속에 서서 짙은 그림자를 드리운 그의 얼굴이 평소보다 급격히 나이 들어 보였다.

"제길, 이제 보니 시계가 완전히 멎었군. 1초도 앞으로 가질 못하잖아. 빌어먹을!"

부정적인 감정은 쉽게 전염되었다. 민호도 얼굴을 찡그리고는 짜증스러운 말투로 다카야를 핀잔했다. 민호의 일본어는 유창했지만 악센트에서 한국인인 게 티가 났다.

"그야 고장 난 시계라면 1초도 안 갈 테지?"

다카야의 분위기가 음산했다.

"민호 군, 잘 들어. 중요한 얘기야."

말투가 꼭 노인 같았다. 게다가 다짜고짜 설교라니, 민호는 황당했다.

"그래, 다카야 군. 갑자기 왜 분위기를 잡고 이러나?"

민호가 빈정댔다.

"각오하는 게 좋을 거야. 넌……"

다카야가 숨을 골랐다.

"민호, 넌 거기 도착하면 곧바로 죽을 거다."

민호는 다카야의 말에 코웃음을 쳤다.

13차 검증단으로 최종 선발되었을 때 민호는 함께 선발된 다카야에 대해 들었다. 임원진 인터뷰에서 다카야는 그의 증조할아버지가 히로시마에서 피폭을 당해 사망한 일을 발표했다. 전쟁과 학살은 앞으로 인류 문명에서 없어져야 한다는 그의 호소에 다국적 심사위원들은 모두 동의했다. 다카야가 평범한 일본인들의 삶을 최악의 상황으로 몰고 간 미국을 가해자로 지목하고 전범 책임을 지적한 것은 미국 출신 연구자들과 서구권 학자들의 양심을 건드리며 설득력 있게 작용했다.

"제노사이드의 발생 맥락을 찾아내 이와 같은 일이 다시는 재현되지 않도록 미래를 위해 헌신하겠습니다."

히로시마에서 고통당했던 가족의 불행한 역사가 그의 발언에 힘을 실어주었다. 어느 심사위원은 검증단 참여자로서 다카야의 진정성에 감동받았다고 평가했다.

민호는 다카야와 함께 움직여야 하는 상황이 부담스러웠다. 그가 전쟁 피해자로서 자신의 가족이 겪은 일을 묘사하는 것도 듣기 불편했다. 그러나 다카야의 할머니가 원폭 피해자 2세이고, 어머니가 3세이며 가족 친지들이 대대로 암 투병으로 고생했다는 말을 듣자 다른 사람도 아니고 다카야 앞에서 자신의 껄끄러움을 언급하기란 어려웠다. 개인사는 안타까웠으나 그의 몇몇 발언에서 세계를 인식하는 방식은 상당히 비틀려 있다고 느꼈다. 민호는 짜증 섞인 목소리로 되물었다.

"뭔 소리야?"

무슨 농담인지 의도를 알 수 없어 민호는 입술 한쪽을 올리며 코웃음을 쳤다. 프로젝트에 참여하는 도중에 죽는 일은 불가능했다. 싱크로놀로지(syncronology) 시스템은 일종의 통신 채널이고, 전화하다 죽는 일은 없으니까. 하지만 다카야는 자못 심각했다.

"이번이 벌써 세 번째야. 제대로 각오하고 대비해도 살아남긴 쉽지 않아. 네가 죽는 걸 벌써 여러 번 본걸. 나는 맨 처음엔 도망갔고, 또 한 번은 방조했어. 민호, 내가 널 구해야 할 책임은 없어. 우리는 우연히 같은 시기에 프로젝트에 참여했을 뿐 가족도 아니고 친구도 아니니까. 우린 서로 상관없는 사람이잖아."

쓸데없는 말을 강조하는 다카야를 민호는 가만히 노려봤다. 아무나 붙잡고 우리는 가족도 아니고 친구도 아니라고 한번 말해봐라, 바보야. 그런 사실은 굳이 말로 하지 않아도 되니까 무관한 사이인 거라고. 적의를 널리 퍼뜨리려는 뜻이 아니라면 말이다.

손전등 빛이 다카야의 눈동자 깊은 곳에 검붉은 기운을 드리웠다. 민호를 쏘아보던 다카야가 점점 더 기이한 말을 하기 시작했다.

"이상해, 이 모든 게 너무 이상해. 다 너의 행동과 관련 있는 게 분명해. 너만 없었으면 내가 이런 형벌을 받을 리가 없어!"

"이 새끼가 뭐라는 거야."

가만히 다카야의 말을 견디던 민호의 표정에도 숨길 수 없는 불쾌함이 흘렀다. 헛소리로 치부할 수도 있었지만 말에 담긴 적의까지 그냥 지나치긴 힘들었다. 재수 없는 놈이라고 욕하고 싶은 건가? 우연히 내 곁을 지나가다 자기까지 재수 옴 붙었단 얘길 하고 싶은 건가? 민호는 얼굴을 찌푸렸다.

"내가 이 일에 대해 얼마나 오래 생각했는지 넌 감히 상상도 할 수 없을걸. 네가 섣불리 과거를 바꾸려고 해서 엉망이 된 거야. 그러니 그냥 가만히 좀 있으라고, 제발!"

민호는 얼굴을 찌푸렸다. 구태여 서로 확인한 적은 없었지만 민호도 다카야에 대해 똑같이 생각했다. 나한테 도움이 되지 않을 거면 그냥 저리 떨어져. 두 사람은 경멸을 담아 서로를 노려봤다.

아시아 홀로코스트 진상 규명 위원회는 사업의 일환으로 유족들의 요청을 받아 피해자의 당시 행방을 알아내는 지원 사업을 벌였다. 민호는 간토대지진 때 학살당한 조선인 유족회의 대리인으로, 다카야는 일본인 유족회의 대리인으로 13차 검증단에 선정되어 이 자리에 왔다. 민호는 일본인 유족회와는 미묘한 거리감을 느꼈다. 당시 조선인으로 오인받아 사망했다는 말이 조선인이 아니었는데 억울하게 당했다는 항변으로 들렸기 때문이다. 조선인이면 살해당해도 안 억울할 거란 건가? 그런 뜻은 아니길 바랐다. 심지어 다카야는 유족회 대리인 형식을 취하고 있었지만 동시에 소요카제를 위해 움직이고 있었다.

과거와의 통신 채널을 활용해 진상을 규명하는 공공사업이었으나 일본 연구자들은 도입 초기에는 싱크로놀로지 채널 시스템의 불완전함을 지적하며 맹렬히 반대했다. 그러다가 어느 때부터인가 태도를 바꾸어 아예 이 시스템의 운영을 전면적으로 지원하고 프로젝트에 참여하기로 했다. 이 기술을 역으로 활용해 기존 증언의 불완전성을 입증할 수 있다고 믿었기 때문이다.

조선인 유족회를 대리하는 민호는 연구자들이 특히 행적을 궁금해하는 희생자 중 하나인 '마달출'의 사흘간의 행방을 관찰하는 임무를, 일본인 유족회를 대리하는 다카야는 '미야와키 다츠시'의 사흘간의 행방을 관찰하는 임무를 맡았다. 두 사람에게는 추가적인 사명도 있었다. 민호는 학살 현장의 진상을 직접 목격해 진상 규명 위원회의 활동을 이어갈 예정이었고, 다카야는 근거가 취약한 당시 증언들의 오류를 확인해 소요카제 재단에 기록을 건네는 은밀한 과업이 있었다.

다카야는 그간의 증언은 증폭된 기억일 뿐이라고 생각했다. 피해를 호소하는 이들의 기대 섞인 추측이자 희망 사항일 가능성도 높다고 여겼다.

한편, 이곳에 도착한 순간 민호는 그동안 생각해왔던 결심을 굳혔다.

'할 수만 있다면 학살 피해를 조금이라도 막아보고 싶다.'

싱크로놀로지 채널은 어디까지나 과거의 현장을 관찰하기 위해 설계된 시스템이다. 일어난 현상을 되돌릴 수는 없다. 과거의 현상 사이를 탐험할 수 있을 뿐 과거 자체에 변형을 가할 수는 없다. 하지만 민호는 기대했다. 시스템을 통해 당대 사람들과 대화가 가능하다면, 그 순간 말을 전할 수 있다면, 최소한 도망치라고 소리라도 지를 수 있다면 한두 사람이라도 구할 수 있는 것 아닐까? 자신이 간 곳에서라도 학살을 막아낸다면 그건 진상을 밝히는 일 이상의 의미를 갖게 될 것이다.

위원회는 사전에 과거로 파견하는 검증단에게 설명한 바 있다. 대지진을 막을 수 없고 사망 예정자는 반

드시 죽는다. 과거에 개입하려 하지 말고 관찰 임무에
충실하라고. 하지만 민호는 의심했다. 싱크로놀로지
채널을 통해 이미 여러 차례 검증단이 파견되었다. 과
거의 사람들과 대화할 수 있는데 변화의 여지가 전혀
없는 건가? 검증단이 다녀온 후에 혹시 피해자가 줄어
들진 않았을까? 현재 우리가 파악하는 진상도 바뀌진
않았을까? 학살 피해에서 벗어난 사람이 생겨 유족회
와 무관해진 사람이 나오진 않았을까? 민호는 조금
설렜다. 자신의 임무가 과거를 바꿔낼지도 모른다.

이런 민호의 기대와는 별개로 다카야는 여전히 이
상한 말을 중얼거렸다.

"민호, 넌 왜 벌을 받지 않는 거지? 나는 충분히 벌
을 받았어. 줄곧 나만……. 왜 나한테만 이런 일이 벌
어지는 거냐고! 누가 이러는 건지 모르겠지만 이건 압
도적으로 나한테 불공평해. 물론 너라고 상황이 유리
한 건 아니지만 그래도 이건 너무한 거 아니야?"

다카야는 분노를 터뜨리며 점점 기괴한 행동을 보이
기 시작했다. 벽에 머리를 찧고 옷을 찢으며 허튼소리

를 지껄였다.

"나도 어떻게든 해보려고 몸부림쳤지만 아무것도 해결할 수 없었어. 그동안 내가 어떤 고통을 겪었는지 알아? 제발 아무 짓도 하지 말고 나한테서 떨어져! 죽으려면 너 혼자 죽으라고, 젠장!"

다카야는 자꾸만 민호가 곧 죽는다고 말했다. 아니, 이미 여러 번 죽었다고 말했다. 다카야의 말에서 불길함을 느꼈다.

다카야가 멎어버린 시계를 한 번 더 확인하고는 바닥의 비석 파편을 집어 들어 아무 데나 내던지기 시작했다. 그러면서 미친 듯 괴성을 질렀다.

"민호, 네가 날 용서하지 않아도 상관없어! 나는 이미 내 몫의 벌을 받았어! 내가 일본인이라는 게 도대체 무슨 죄야? 왜 우리만 이런 일을 겪어야 하는데!"

방금 언덕을 함께 올랐던 다카야와 지금의 다카야는 전혀 다른 인간 같았다. 민호는 오소소 소름이 올라 엉겁결에 한국말을 중얼거렸다.

"미쳤네. 왜 저래?"

민호는 지정된 위치를 확인하고 바닥의 비석을 내려

다보았다. 귀퉁이가 깎인 그 비석에는 한자로 마달출이란 이름이 적혀 있었다. 9월 1일부터 4일 자정까지, 마달출의 행방을 추적하는 것이 민호의 임무였다.

비석 귀퉁이에 민호가 손을 댔다. 민호에게 다가가던 다카야도 한쪽에 놓인 다른 비석 귀퉁이에 손이 닿았다. 미야와키 다츠시라는 이름이 적혀 있었다. 각각의 비석에 두 사람이 동시에 닿은 순간, 카타콤베 바깥에선 지던 태양이 떠오르기 시작했다. 카타콤베 안 비석이 하나둘 사라지고 있었다. 주변 풍경이 역재생한 영상처럼 급격히 바뀌기 시작했다.

"민호! 우리는 애초에 서로 무관한 사이야. 알지?"

고개를 절레절레 흔들며 민호는 다카야의 외침을 무시했고 이로써 두 사람의 뜻은 합치했다.

이들의 모습이 천천히 희미해졌다. 빠르게 깜빡이며 언덕을 밝히던 검붉은 태양은 완벽하게 어둠 속으로 사그라들었다.

1부

1923년 8월 31일 금요일 밤

8월 마지막 날, 늦여름의 날씨는 쉽게 선선해지지 않을 기세였다. 도쿄의 여름은 습한 열기 속에 갖가지 냄새를 단단히 머금었다. 가진 것 없는 자들은 가난의 낌새를 감출 수 없어 강한 냄새를 맹렬하게 뿜어댔다. 서로의 존재를 피하거나 무시할 수 없다면 익숙해지는 수밖에 없었다. 인간의 후각은 생존을 위해선 즉각 예민해지고 공존을 위해선 금세 둔감해지기에 축복이었다.

평세는 발소리를 죽이고 형님들이 잠든 나가야(長屋)에 숨어들었다. 벽면을 이어 붙여 만든 집합주택 나가야는 원래 축사로 많이 쓰이던 건물이다. 조선인 노동자들이 늘면서 숙소와 식당으로도 활용되고 있었다. 이 밤, 수십 명의 청년들이 풍기는 쿰쿰한 입내와 살냄새가 나가야를 가득 채웠다.

낮에 비 예보를 들은 달출이 평세에게 안에 들어와서 자라고 신신당부했다. 평세는 여름 내내 아라카와 강 작은 다리 아래에서 지내고 있었다. 달출의 말을 핑계 삼아 오늘 밤 평세는 나가야에서 꼭 확인하고 싶은 게 있었다.

나가야 안은 땀내와 코 고는 소리로 가득했다. 평세는 잠든 형님들 사이를 천천히 돌았다. 잠결에 모기를 쫓으려 손을 움직이는 틈을 노려 평세는 한 명도 빠짐없이 형님들의 어깨를 짚었다. 그러곤 각각의 마지막 순간을 차례로 들여다보며 터질 것 같은 심장을 움켜쥐었다.

어찌 된 일인지 평세는 어렸을 때부터 상대와 몸이 닿으면 그가 죽는 순간을 볼 수 있었다. 특별한 능력이었지만 그뿐이었다. 상대의 죽음을 막을 수 없었기에 저주에 가까운 힘이었다. 어린 마음에 안일하게 그 사실을 입에 올렸다가 평세와 가족들은 큰 봉변을 당하기도 했다. 미리 목격했다고 말했을 뿐이었는데 사망을 예고한 자가 되었다. 죽음을 보는 능력은 죽음을 부르는 저주가 되었다. 가족 전체가 마을에서 쫓겨날 위기에 처하자 고향을 등지게 되었음을 받아들이지 못하는 아버지에게 죽도록 맞다 목이 졸린 뒤 평세는 말을 잃었다. 결국 홀로 마을을 떠난 이후 평세는 사람들과 몸이 닿는 일을 필사적으로 피했다.

코를 골며 깊이 잠든 태안의 어깨를 짚었을 때 평세는 주저앉았다. 태안의 마지막 순간을 바라보며 혼란스러웠다. 장소도 정황도 정확히 모르겠지만 불과 물이 보였고 폭발하는 총소리가 들렸다. 이해할 수 없었다. 물속에 뜨거운 불이 존재할 리가 없었다. 근처에 총이 있을 만한 곳이 어디인지 도무지 가늠이 되지 않았다.

그 밤, 나가야의 허름한 침상에 누운 형님들을 관찰한 뒤 평세는 알아챘다. 여기에서 노환으로 죽는 이는 아무도 없다. 모조리 죽임을 당한다. 아마도 가까운 시일 내, 가까운 곳에서.

며칠 전, 달출과 평세는 나란히 다리 밑에 누워 손짓과 표정으로 수다를 떨었다. 우연히 손끝이 스치는 바람에 달출의 마지막 순간을 본 평세는 지금까지 해본 적 없는 생각을 처음으로 떠올렸다. 저주 같은 능력이라고 생각했지만 이제는 뭔가 해야 했다. 이대로 달출이 죽는 걸 보고 있을 수만은 없었다. 그런데 어떻게 해야 하지?

새벽에 눈을 뜬 달출은 문 앞에 주저앉은 그림자를 알아보고 놀랐다.

"성이 왔냐? 안 자고 거그서 뭣 허냐?"

평세가 고개를 들어 자신을 부르는 달출을 올려다봤다. 어둠 속에서 평세의 젖은 눈이 빛나고 있었다.

"먼 일 있냐? 어디 다쳤냐? 아니면 엄니 생각에 그러냐?"

평소 감정을 잘 드러내지 않는 녀석이기에 달출은 걱정스러웠다. 평세가 달출의 팔을 꽉 잡았다. 어디 다친 곳이 없는지 평세의 몸을 확인해보던 달출은 나란

히 앉아 평세의 머리를 끌어당겨 자기 어깨에 기대게
했다. 녀석이 오늘 밤 왜 이렇게 힘들어하는지 모르겠
지만 화들짝 놀라며 자신을 밀어내지 않는 것만으로
달출은 좋았다. 달출은 어린 성이가 몸도 마음도 다치
지 않고 고향으로 돌아가길 바라며 평세의 등을 쓸어
내렸다. 고향에 돌아가는 날, 고향이 남쪽인 자신이 배
에서 먼저 내리겠지. 그때가 오면 고향 가는 동생을 향
해 크게 손을 흔들어주리라. 그러니까 우리 같이 몸
성히 돌아가자.

　같은 순간, 평세는 달출의 어깨에 기대어 반복해서
처참한 순간을 목격했다. 마지막 순간, 달출은 평세가
막을 수 없을 정도로 많은 사람에게 둘러싸여 있었다.
도대체 저기가 어디란 말인가? 평세는 질끈 눈을 감은
채로 바쁘게 눈동자를 굴렸다.

1923년
9월 1일
토요일

  새벽에 큰비가 내리다가 오전 10시쯤 멈추었다. 잔
뜩 흐리고 무더운 날씨가 시작되자 아라카와강 제방
공사장에서 조선인 일꾼들이 일본인 관리자들의 지시
를 받으며 업무를 개시했다. 제대로 먹은 게 없으니 일
을 시작하기도 전부터 출출했다. 점심시간이 빨리 오
길 기다리며 모두들 오전 작업 중이었다. 운반용으로
만든 간이 철로 위에서 일꾼들이 맨손으로 수레를 바
쁘게 밀고 있었다. 운반한 흙을 쌓아 제방을 다졌다.

열아홉 김평세는 묵묵히 두 사람 몫의 일에 몰두하고 있었다.

"무성이 저 간나 새끼, 가마니를 두 개나 들어가지구 우리만 다 게으른 놈들이 됐디 안칸."

사람들은 평세를 '무성'이라 불렀다. 목소리가 없다는 뜻이었다. 물론 평세는 성대나 고막에 아무 이상이 없어 듣는 데 문제가 없었다.

"저 새끼, 아무리 봐도 다 들리면서 모르는 척 시치미 떼는 거 같은데예?"

평세가 형님들에게 오늘도 욕을 먹고 있었다. 아침부터 계속 훌쩍훌쩍 울면서 일하고 있는 평세 곁에서 태안이가 쭈뼛거렸다. 다리에 보장구를 달고 있어 움직임이 느린 태안이 몫까지 평세는 거의 두 사람 몫의 노동을 감당하고 있었다. 평세의 어깨뼈에 금이라도 갔는지 얼마 전부터 고개가 한쪽으로 돌아가지 않았다.

"형님들, 암것도 안 먹어도 기운 나는갑소. 다들 화통 삶아 먹은 것맹키로 목청이 어째 그래 우렁차시오."

자갈 골라내듯 달출이 형님들의 억센 말을 슬며시

치웠다. 스물두 살 마달출은 현장에선 어린 축에 속했지만 성격이 둥글고 다른 이들을 잘 돌봐 형님들의 신임을 받았다.

"성아, 좀 잤냐? 뭐 좀 묵고 나왔냐?"

자기도 빈속이면서 달출이 평세에게 물었다.

달출은 조선 사람들이 그를 무성이라고 부르는 것을 못마땅해하면서도 평세의 진짜 이름을 알지 못해 그저 '성'이라고 외자로 불렀다. 달출은 어젯밤부터 평세가 계속 울고 있는 게 마음에 걸렸다. 영문을 몰랐지만 몸이 아픈 건 아닌 것 같으니 아무래도 마음이 아픈 모양이었다. 내일은 쉴 수 있다고 하루만 같이 버티자고 평세를 다독였다. 어젯밤과 달리 평세는 자기 어깨에 살갑게 둘러진 달출의 팔을 슬며시 내렸다. 평세는 달출을 따르면서도 평소에도 늘 손을 슬쩍 밀어내곤 했다. 달출은 안쓰러운 표정으로 평세의 등을 살짝 두드렸다.

조선인 노동자들의 어깨와 등에 몸무게보다 무거운 흙이 쌓여갔다. 예부터 수시로 범람하던 아라카와강은 전에 없던 곳에 길을 내어 수로를 완성한 참이었다.

물길을 만들기 위해 굴삭기가 파낸 흙을 수레로 이동해 제방을 만드는 일은 조선인들의 몫이었다. 1911년부터 내무성 주도로 건설 중인 이 인공 방수로 사업은 완성까지 앞으로 8년 정도 더 걸릴 예정이었지만 미래의 일까진 알 수 없는 일꾼들로서는 묵묵히 하루하루에 충실할 뿐이었다. 치수 사업이라고 했다. 물을 다스리는 일은 옛날부터 일본에서도 힘들기로 따지자면 지독하게 고된 축에 드는 작업이었다. 노동자들이 다치고 죽기 일쑤였고, 일하다 도망가는 자들도 부지기수였다. 이런 열악한 환경을 감내할 값싼 인력이 10여 년 전부터 식민지에서 건너오기 시작했다. 작년과 올해 수도권 간토 지역에는 기록된 숫자만으로도 해마다 약 6,000여 명씩 식민지 노동자가 새로 입국했다. 그해만 해도 대략 2만 명이 넘는 조선인들이 이주해 있었다.[2] 그 후, 때때로 걷잡을 수 없이 폭발하던 일본인 노동자들의 항의와 쟁의도 조금 잦아들었다. 조선인과 중국인 노동력은 일본 서민들에게도, 서민을 효과적으로 관리하려던 일본 지도층들에게도 꼭 필요했다.

수로에서 흙이 무한히 쏟아져 나오는 듯했다. 아무

리 옮겨놓아도 티가 나지 않아 다 허사인 것만 같았는데 어느새 제방이 제법 봉긋 올라오기 시작했다. 달출은 자기 허벅지만큼 올라온 제방을 보며 기뻐했다.

"형님들, 인제 조금 허리 펼랑갑소!"

달출이 호들갑스럽게 떠들었다. 형님들 몇이 다가와 달출의 손끝을 보더니 핀잔했다.

"아휴, 아직 멀었구먼!"

"달출이 저 자식이야말로 안분지족을 아는 놈이야. 평생 입신 못 할 선비 같다니까."

달출은 선비 같다는 말을 듣곤 환하게 웃었다.

다들 죽을 때까지 일할 팔자지만 그래도 일이 끝나가고 무언가가 세워지면 함께 뿌듯해했다. 일하는 자의 보람이란 그랬다. 같이 나누면 기쁨은 더 컸다. 아무리 작은 일일지언정 뿌듯함과 감동을 동시에 느낄 때면 차오르는 유대감이 결코 사소하지 않았다. 달출은 형님들한테 일을 하면서 똑같이 움직여보자고 제안했다.

"일 마무리할 때요. 이리 서로 얼굴 보면서 똑같이 허리를 펴장께요."

일본어 지시 내용도 정확하게 알아먹기 힘든 마당이니 누구 하나 고립되지 않도록 말 통하는 이들이 마음을 모으는 건 현장에서 중요했다. 일본인 관리자들은 달출의 역할을 몰랐지만 단합된 조선인들의 모습에 통제가 어려운 놈들만 골라서 모은 것 같다고는 느꼈다. 현장에서 같이 일하는 일본인 노동자들도 조선인들에게 영리한 놈들이라며 혀를 내둘렀다.

지난달 월급은 조선인 노동자들 손에 이미 남아나지 않았다. 믿을 만한 인편을 통해 고향에 보냈거나, 모아서 보내기 위해 나가야 바닥에 숨겨두었거나, 개중에는 다 써서 날린 이도 있었다. 어떻게 쓰든 급여는 너무 적었다. 뜨거운 돌 위에 떨어진 물방울처럼 눈 깜빡할 사이 증발했다. 똑같은 일을 하는 일본인들보다 3분의 1도 못 받았고 생활비는 놀랄 만큼 비쌌다. 의욕을 잃기 쉬웠기에 술이나 노름에 빠진 자도 많았다. 달출보다 조금 일찍 도쿄에 온 형님들은 이미 지친 표정이었다. 형님들을 볼 때마다 달출은 고향 얘기랑 웃기는 얘기, 의지 되는 얘기를 더 자주 해야겠다고 생각했다. 열악한 상황일수록 서로를 단단히 챙겨야 했다.

없는 떡까지 내놓으라는 듯 탐욕스러운 호랑이처럼 현장은 종일 초인적인 능력을 요구했다. 할당량 때문에 노동자들은 말 그대로 몸을 쥐어짰다. 온몸에서 땀방울을 떨구어도 일은 끝날 줄 몰랐다. 허리가 휘어지다 못해 끊어질 것 같은 통증이 선명해질 때면 성한 몸으로 고향에 돌아가긴 글렀다는 예감이 또렷해졌다. 하지만 오늘 평세는 몸으로 느끼는 아픔보다 심장을 옥죄는 통증을 더 거세게 체감하고 있었다.

점심시간이 가까워지고 있었다. 조선 사람 입맛에는 맹탕이나 다름없는 일본식 맑은 된장국조차 간절해지는 시간이었다. 그때 새들이 일시에 하늘을 새까맣게 뒤덮었다.

"저길 봐. 새가 왜 저렇게 몰려든담?"

강에서 물고기들이 튀어 올랐다. 쥐 떼가 줄지어 나타났다. 곧 이어질 불길한 징조를 암시하듯 인간보다 감각이 예민한 동물들이 서둘러 이동하고 있었다.

"이게 뭔 일……"

그 순간, 큰 소리와 함께 땅이 꺼지는 듯 내려앉더니

똑바로 서 있을 수 없을 정도로 세게 좌우로 흔들리기 시작했다. 일본에 도착해 크고 작은 지진을 몇 번 겪기는 했지만 조선에서는 아주 작은 흔들림조차 경험해보지 못한 이들이 대부분이었다. 그러니 일본에서는 땅이 잠깐 흔들리기만 해도 다들 긴장하곤 했다. 그런데 이번엔 정도가 달랐다. 마치 꿈틀대는 거대한 뱀의 등 위에 서 있는 것 같았다. 강물이 곧 솟구칠 듯 기묘한 덩어리를 만들며 출렁였다.

달출은 땅에 손을 짚은 채로 주저앉아 사방을 둘러보았다. 수레로 옮겨 쌓아둔 흙더미가 무너지기 시작했다. 흙더미 바로 아래에서 태안이 몸을 웅크리고 있었다. 달출이 재빨리 달려가 태안의 팔뚝을 잡았다. 달출이 태안을 부축해 몸을 피하자마자 흙더미가 무너져 쏟려 나갔다. 그 순간, 반대편에서 비명이 들렸다.

"나 죽어!"

청주 형님 목소리였다. 굴삭기가 넘어지면서 땅을 파는 긴 팔 부분이 꺾였다. 흙을 퍼내던 갈고리 달린 무쇠 들통이 떨어지면서 청주 형님을 깔아뭉갰다. 그 위로 흙더미가 쏟아지고 있었다. 꺾이는 무릎을 양손으로 누르며 달출이 달려 나갔다. 쓰러진 청주 형님 가슴 위로 무너지듯 흙이 쏟아지고 있었다. 정신없이 흙을 퍼내는 달출을 보고 다른 형님들도 달려왔다. 흙을 퍼낸 뒤 쓰러진 들통을 일으켜 세웠다. 형님은 까무룩 정신을 잃은 채였다. 들통이 청주 형님의 허리와 하반신을 직격했다. 흔들림이 점차 잦아들었다. 고작 몇 분이 흘렀을 뿐이지만 긴 시간이 지난 것처럼 느껴졌다. 괴물처럼 꿈틀거리던 지면과 강물의 움직임이 서서히 멎고 있었다.

청주 형님의 오른쪽 다리와 옆구리는 완전히 짓뭉개져 있었다. 평소 친했던 형님 둘이 청주 형님의 양쪽 겨드랑이에 고개를 넣고는 그를 일으켰다. 빨리 치료받아야 했다.

"뭐야, 다들 어딜 가? 무너진 흙도 정리해야 하고 다른 날보다 더 바쁘겠구먼."

조선인 현장 감독 박종천이 세 사람 앞을 막아섰다. 아침만 해도 현장에 있었던 감독관 후쿠다와 일본인 노동자들 몇몇은 어디로 갔는지 이미 보이지 않았다.

"무슨 소리야. 사람이 다쳤잖아. 이대로 두겠다는 거야?"

누군가 소리쳤다. 종천은 회사에 연락해보겠다면서 모두를 향해 대기하라고 윽박질렀다. 평소 종천을 못마땅해하던 다른 이가 소리쳤다.

"사람이 죽어가는데 무슨 헛소리야!"

종천의 머릿속엔 현장을 지진 이전처럼 원상 복구하려는 생각밖에 없는 듯했다. 이때 달출이 나섰다.

"연락하고 지시 기다리려면 얼마나 걸릴지 모르는디요. 그때까지 암것도 안 허고 청주 형님을 내버려둘 순 없응께요, 형님. 우선 근처 의원에 보내 처치부터 받게 허고 나중에 그걸 보고하면 안 쓰겠소?"

나선 이가 달출이란 걸 알고는 종천의 말이 한층 더 거칠어졌다.

"어디서 이래라저래라야? 네가 감독이야? 여기 감독은 나야! 백정 놈의 새끼가!"

종천은 성씨인 박(朴)의 한자를 좌우 둘로 나누어 기노시타(木下)라고 이름을 말하고 다녔다. 우연히 몇 마디 배운 일본말 덕분에 조선에서 살던 때와 비교할

39

수 없게 지위가 상승했다. 현장 조선인들에게 관리자들의 지시를 전달하다 50여 명을 관할하는 감독관 지위까지 얻었다. 부산에서 배에 탔을 때만 해도 굽은 어깨로 연신 곁눈질만 하던 종천은 온데간데없었다. 늘 누군가의 눈치를 봤던 시절을 복수하듯 조선인 일꾼들을 누구보다 악독하게 대했다. 그가 달출의 출신을 언급했다. 달출은 백정 집안 출신이었다.

달출도 종천을 향해 목소리를 높였다.

"진정하시오, 종천 형님! 관리인들하고 연락이 안 될수도 있고 의원을 못 만나서 밤새 찾아다녀야 할지도 모르는디요!"

조선에서는 올해 백정해방운동이 시작됐다. 변하고 있는 세상사를 아직 모르는 이들 앞에서 자신도 세상의 일원임을 알려줘야 했다. 자기 앞에서 백정 운운하는 사람을 만나면 달출은 평소에도 목소리를 한층 더 높였다.

"지금 다들 마찬가지요. 일본인들헌티도 이건 한 번도 듣도 보도 못한 상황 아니겄소? 시방 우리한테만 일어난 일이 아닝께요!"

달출이 종천에게 좀 멀리 보라는 뜻으로 마을 쪽을 향해 손을 뻗었다. 사람들의 시선이 일시에 달출이 가리키는 방향을 향했다. 모두 천천히 몸을 돌려 사방을 둘러보았다. 주변 가옥들은 모조리 무너졌다. 강 건너 건물들까지 깡그리 내려앉았다. 가까이 보이는 것 중에 이전 형태를 유지하고 있는 것이 거의 없었다. 뭉개진 풍경 사이로 군데군데 자욱한 연기가 솟아오르고 있었다.

"저건 뭐야? 불난 거 같은데?"

"아이고 우리 애들이랑 마누라! 지는 지금 가봐야겠어예."

"워메, 우리 나가야에도 불난 거 아닐까잉? 거기 내 돈 다 있는디!"

"지진이 또 일어나면 어떡합니꺼? 지들은 어디로 피해야 할까예?"

"강물이 아까보다 더 솟아오르면 어떡해? 높은 데 아니, 산에 올라가는 게 낫지 않겠어?"

모두 동요했다. 조선인 청년들은 고향에서 큰 지진을 만나본 적이 한 번도 없었다. 다들 우왕좌왕하는 사이 도망가는 사람, 나가야로 뛰어가는 사람이 하나둘씩 생겼다. 달출이 종천을 향해, 그리고 모두에게 들으라는 듯 소리쳤다.

"형님, 현장은 해산하는 것이 낫지 않겠소? 오늘 밤 나가야에서 못 잘 수도 있을 것 같은디 다들 안전한 길 골라 조심들 다니시고 이따 밤에 저그, 저 다리로 모이시오. 다른 잘 만한 곳 있는지 제가 물어보고 올랑께, 며칠 쉴 건지 언제 재개헐 것인지 종천 형님이랑 제가 댕겨와서 밤에 저그서 알려드리면 되것소!"

달출은 형태가 기운 요츠기바시 다리를 가리켰다. 달출의 말을 듣고 모두 흩어지기 시작했다. 다른 건물을 보아하니 일본인 민가보다 허름하던 나가야는 박살이 났거나 불길에 휩싸였어도 이상하지 않을 듯했다. 나가야 바닥에 숨겨둔 월급이 모두 불탔을까 봐 불안해진 사람들은 걸음을 서둘렀다.

평세는 형태가 일그러진 요츠기바시의 모습을 떨리는 눈으로 바라보았다. 아침부터 흐르던 눈물이 멎어 있었다.

처음 달출의 마지막 순간을 봤을 땐 주변이 너무 엉

망이라 어딘지 도통 알 수 없었다. 그리고 지금 그 요츠기바시라는 다리가 달출이 만나게 될 마지막 순간의 배경과 겹쳤다. 그곳에서 달출이 잔혹하게 살해당한다. 평세는 곧장 달출에게 달려갔다.

—형님, 안 돼요! 안 돼!

저 다리로 가선 안 된다고 평세는 달출에게 손짓으로 외쳤다. 똑똑히 전해야 했다. 자신에게 목소리가 없다는 게 오늘만큼 원통한 날이 없었다. 달출은 평세의 등을 두드리며 괜찮다고 안심시켰다. 달출의 머릿속이 바쁘게 돌아갔다. 상황을 확인하고 다른 이들에게도 알려야 했다. 어쩌면 공사가 중단되고 일꾼들이 다른 복구 작업에 투입되거나 아예 지방으로 이동할 수도 있었다. 이 혼란을 틈타 임금을 떼여도 안 되었다.

사람들이 흩어지자 종천이 자기 말을 듣지 않는 이들에게 울분을 토하다 달출의 멱살을 붙잡았다.

"네가 뭔데 나서? 여긴 내가 책임자야."

달출이 종천의 팔을 슬쩍 밀었다.

"알지요. 형님, 후쿠다 씨 찾아서 같이 사무실로 가 보장께요. 그 사람 통해서 회사랑 얘기를 해야 헐 것

아니요? 형님이 잘 통솔했다고 제가 후쿠다 씨헌티도
말할 텡게요."

"네가 말하긴 뭘 말해? 일본어도 못하는 주제에."

"네, 네, 그랑께 형님이 잘 전달해주시오."

달출이 종천을 앞세우며 걸음을 재촉했다. 돌아보니
평세와 태안이 달출의 뒤를 따라오고 있었다.

"느그들은 나가야에 가 있어라."

평세와 태안이 고개를 저었다. 나가야가 온전하리란
보장도 없었다. 달출은 알았다며 동생들과 함께 나섰
다. 후쿠다 씨 집까지 보통 때라면 현장에서 고작 30분
정도 걸렸지만 평소 다녔던 길이 오늘은 무시무시한
얼굴로 변해 있었다. 제대로 걸을 수나 있을까 싶었다.
심장이 뛰기 시작했다. 지옥으로 걸어 들어가기라도
하듯 네 청년이 화염이 타오르는 마을을 향해 걷기 시
작했다.

현장을 벗어나자 상황의 심각성이 제대로 보이기 시
작했다. 현장 주변엔 흙더미 말고는 무너질 게 없었기
에 체감하지 못했는데 마을에 근접해 비로소 시야에

들어온 건물들은 죄다 이전 형태를 알아볼 수 없을 지경으로 무너져 있었다. 특별히 단단하게 지은 은행이나 최근에 세운 전봇대, 석탑 외에는 모두 부러지고 꺾이고 쓰러졌다. 완전히 무너진 폐허까지 삼키겠다는 듯 불길이 퍼지고 있었다. 점심을 준비하던 각 가정의 부엌에서부터 불이 번지고 있었다. 건물에 깔리거나 화재를 입고, 죽음의 그림자에 짓눌린 이들의 비명이 곳곳에서 울리기 시작했다.

가까운 곳에서 여성의 절규가 들리자 달출이 반사적으로 소리가 나는 쪽으로 달려갔다. 깔린 더미 안쪽에서 불이 타오르고 있었다. 불이 솟구쳐 건물 밖으로까지 손길을 뻗치고 있었다. 도구 없이는 무너진 잔해를 들어 올릴 수도 치울 수도 없었다. 달출과 평세, 태안이 뜨거움을 견디며 맨손으로 잔해를 치우는 사이, 비명이 서서히 잦아들었다.

"아이고, 이를 어째! 조금만⋯⋯!"

달출은 잔해를 밀다가 눈앞에서 하나의 목숨이 스러지는 것을 보았다.

불길은 비명이 사라진 바로 옆집으로 훌쩍 이동했

다. 악령이 불태울 것을 찾아 성큼성큼 옮겨 다니는 것
처럼 무섭게 번지고 있었다. 세 사람 곁으로 달려온 종
천이 소리쳤다.

"미쳤어? 다들 장작개비가 될 작정이야? 너희가 소
방조[3]라도 되냐고?"

점점 숨을 쉬기 힘들어졌고 눈도 제대로 뜰 수 없었
다. 불에 휘감긴 날카로운 잔해들이 금방이라도 모두
의 머리 위에 꽂힐 것처럼 여기저기에서 쏟아지고 있
었다.

네 사람은 불길을 등지고 달리기 시작했다. 사방에
서 불길이 솟았고 사람들이 모두 길에 쏟아져 나왔다.
가재도구를 끌어안은 사람, 손수레를 끄는 사람, 마을
을 벗어나려는 피난민들이 모두 달리기 시작했다. 온
사방이 아우성이었다. 아무런 짐도 없이 아이만 끌어
안고 뛰어나온 젊은 여성이 잔해 때문에 피가 맺히는
줄도 모르고 맨발로 달리고 있었다. 아이는 연기를 마
신 건지 움직임이 없었다. 네 청년은 옷소매로 입가만
겨우 틀어막고는 정신없이 달렸다. 달출은 후회했다.
평세와 태안이 따라오는 걸 말렸어야 했다. 다른 형님

46

들과 동료들도 걱정됐다. 부디 다들 안전한 곳을 찾아냈길. 오늘 밤에 무사히 만날 수 있길. 달출은 평세와 함께 휘청거리는 태안을 붙잡고 달리기 시작했다.

눈을 제대로 뜨지도 못한 채 네 청년은 사람들이 달리는 쪽으로 떠밀려 갔다. 이 길이 모두 불구덩이에 빠지는 길이래도 어찌할 방도가 없었다. 공사장 공터에 사람들이 모여들었다. 바람이 반대 방향으로 불어 다행히도 거센 불길들 사이에 숨구멍이 놓인 듯했다. 천운이었다. 다 같이 도망간 곳에서 바람 방향을 직격으로 맞았다면 어떻게 됐을까.[4] 아찔함을 피부로 느끼며 모두 말을 잃었다.

더 이상 태울 것이 없어 불길이 잦아들자 사람들이 주저앉았다. 불이 연기로 변했고 살아남았다는 안도의 한숨도 곧장 눈물로 바뀌었다.

그을음이 가득 묻은 얼굴 위로 눈물 자국을 그리며 태안이 울먹였다.

"형님, 큰 지진이 나면 이렇게 큰불도 나나요?"

그 말에 종천이 태안을 꾸짖었다.

"멍청한 소리! 점심때라 다들 밥을 짓고 있었을 거라고."

후쿠다 씨 집에 살며 종천은 일본식 집 부엌에 놓인 가마도(かまど) 화덕을 보았다. 조선의 아궁이처럼 장작을 사용하는데, 흙으로 벽면을 마감하는 조선의 민가와 달리 일본 집은 전부 목재로 이루어져 있다. 이를 땔감 삼아 각 집의 가마도가 연달아 화재를 일으킨 게 분명했다.

종천은 공터에 모여 울고 있는 사람들을 둘러봤다. 일본 가옥을 본 적 없는 태안보다도 더 분별없는 말이 일본어로 들려왔다.

"악마야, 악마의 불이 세상을 끝내려고 올라온 거야!"

"이참에 남들도 똑같이 당하라고 불 지르는 놈들이 있다고!"

이성적인 이들도 있었지만 문제는 불안을 부채질하는 이야기가 가장 귀에 잘 들어온다는 거였다.

"도쿄만 근처는 쓰나미가 덮쳐서 완전히 끝장이 났을 거야."

"후지산까지 폭발하면 어떡하지."

한순간에 모든 걸 잃은 사람들이 울부짖었다. 겁에 질린 사람들이 각자 최선을 다해 최악의 상황을 상상했다. 그중에서도 쓰나미나 후지산 폭발, 곧 더 큰 여진이 발생할 거라는 얘기 등 더 큰 위험을 예고하는 말들이 끔찍한 느낌과 함께 끈적하게 귓가에 남았다. 불안에 떨고 있는 사람들은 상식적인 말을 마음에 담을 여유가 없었다.

이날 강풍이 불어와 불이 거세게 번졌다. 여기저기서 무너지는 소리와 병이나 통조림 캔이 폭발하는 소리도 들렸다.

"들었어? 지금 저 소리, 폭탄 터진 거 아니야?"

"설마……."

살아남고 싶은 간절함이 가장 자극적인 말을 마음에 새기고 있었다. 불안한 소문이 조금 더 극적으로 모양을 갖춰가며 피난민들의 입에서 입으로 이어졌다.

"기노시타!"

공터에서 종천을 부르는 목소리가 들려왔다. 후쿠다

가족이었다. 종천은 갑자기 자세를 낮추어 그에게 달려갔다. 후쿠다에게 현장 상황을 급히 전하며 종천은 자신이 통솔한 조선인 일꾼들이 밤에 한 장소에 모일 거라고도 말했다. 세 청년이 종천의 등 뒤에 나란히 섰다. 후쿠다의 처와 아이들도 커다란 짐을 들고 있었고 후쿠다도 세간살이를 크게 두 덩어리로 나누어 양팔에 각각 끌어안고 있었다.

중간 감독관인 후쿠다는 강둑 위에서 담배를 피울 때면 조선인 일꾼들을 내려다보며 종종 이렇게 말하곤 했다.

"너희는 주먹밥 하나 먹어도 감지덕지하잖아? 우리가 받는 월급의 10분의 1만 받아도 그 돈 가지고 고국 돌아가면 부자 된다며? 좋겠다. 우리가 너희보다 미래가 없는 신세라니까. 정말 부러워."

그는 진심으로 부럽다는 표정을 짓곤 했다. 할 수만 있다면 자신도 일해서 번 돈으로 가난한 나라에 가서 대부호처럼 떵떵거리며 살고 싶다고도 말했다. 대대로 농사짓던 땅도 버리고 공장에서 일하다 조선으로 건

너간 친구가 자신을 부를 때도 진지하게 고민한 후쿠
다였다. 평세는 그의 말을 다 알아듣고도 딴청을 부렸
다. 굳이 달출에게 전하고 싶은 말은 없었다.

달출도 그때 평세의 태도를 보고 현장 감독이 좋은
말을 하지 않고 있다는 걸 알 수 있었다. 그의 앉은 자
세나 뿜어대는 담배 연기 모양만 봐도 훤했다. 여기서
하는 품새를 보자니 그는 조선이든 어디서든 자신의
사소한 자산이 가치를 상실할 때까지만 살 만한 곳이
라 여길 사람이었다.

후쿠다가 종천에게 말했다.

"우린 여길 떠나 도호쿠 지역으로 올라갈 거야. 처
가가 그쪽이라 거기서 자리 잡은 후에 다시 일을 찾
으려고."

"회사는요?"

종천이 어안이 벙벙해 물었고 후쿠다는 코웃음을
쳤다.

"회사? 하청 회사가 이런 때에 우리 같은 사람들을
챙겨줄 것 같아? 각자도생이야. 야히로구미[5] 조합장부

터 도망갔다고."

"그럼 우리는요?"

"글쎄, 알 게 뭐야. 나는 오늘 퇴사했네."

종천의 등 뒤에 서 있던 달출과 평세, 그리고 태안은 후쿠다의 차림과 태도만으로 그가 혼자 내빼려는 걸 알 수 있었다. 후쿠다가 아니라 다른 사람을 찾아야 한다. 가본 적은 없었지만 회사는 조금 떨어진 곳에 있었다. 그쪽으로 가봐야 했다.

"기노시타, 짐 들 수 있겠으면 우리랑 가지. 여기 남아 있으면 지진을 또 만날 거야."

후쿠다가 자신이 들고 있던 짐을 짐꾼에게 맡기듯 종천에게 넘겼다.

"정말요? 저를 데리고 가신다고요?"

"기차표가 문제인데 네 명이나 다섯 명이나 기차표를 구하기 어려운 건 마찬가지니까. 일단 우에노역으로 가봐야지. 지금 가자고."

후쿠다와 가족들이 앞서 걷기 시작했다. 종천은 짐을 둘러메고 후쿠다 가족을 따라나섰다.

"형님, 어쩔라고 이러시오……?"

종천이 자신의 팔을 붙잡는 달출의 손을 뿌리치며
말했다.

"이제 네가 오합지졸 백정들 데리고 감독관 하면 되
겠네. 하고 싶었잖아? 얼마나 잘하는지 한번 보자고."

종천이 후쿠다 가족의 세간을 어깨에 지고 일본인
들 사이로 사라졌다. 종천에겐 가족도, 돌아갈 고향도
없다고 했다. 그에게는 새로 도착할 곳이 고향보다 중
요하리라고 달출은 애써 이해하려 했다.

치솟던 불길이 약간 잦아들자 사람들이 안전한 곳
을 찾아 이동하기 시작했다. 어떤 이들은 집에서 들고
나온 이불을 공터에 펼치고 누웠다. 물을 담을 수통
을 찾거나 잿더미에서 쓸 만한 걸 뒤지기 시작하는 사
람도 있었다. 세 청년은 자욱한 연기 속에 멍하니 서
있었다.

"이제 어떻게 하지요, 형님?"

종천이 사라진 자리를 망연히 바라보던 달출을 불
러 세운 건 태안이었다. 달출이 돌아보니 연기에 얼굴
을 그을린 평세와 태안이 걱정스러운 눈으로 달출을
보고 있었다. 달출은 두 사람의 얼굴을 보고 자기 얼

굴도 엉망일 거라는 걸 짐작했다.

"조합 사무실이 파출소 뒤에 있다고 들었응께 거기로 가볼라네. 느그들은 여그서 기다리고 있는 게 낫지 않을랑가?"

평세와 태안은 동시에 고개를 저었다.

"그려, 같이 가보제. 거그서도 아무도 못 만나면 경찰한테 들러봐야 쓰겄어."

이번에도 평세와 태안이 동시에 고개를 끄덕였다. 달출은 태안의 다리가 걱정이었다. 보장구가 어긋났는지 무릎에서 피가 배어나고 있었다. 파출소에 가면 태안이가 쉴 자리가 있을지 물어볼 생각이었다.

이동하는 곳마다 크고 작은 불길이 여기저기서 계속 솟구치고 있었다. 동네 소방 자치단원들과 아낙들까지 우물에서 물을 길어 제각기 어딘가로 달리고 있었다. 마을은 혼란 그 자체였다.

상황을 통제하는 이는 아무도 없었다. 살아남은 사람 중 자기 가족의 생사 이외의 상황을 돌볼 여유가 있는 사람도 많지 않았다. 너무 많은 죽음이 한꺼번에

몰아쳤다. 동네 사람과 눈이 마주치면 용케 살았구나 확인하는 정도였다. 세 청년은 엉망이 된 길을 걸으며 일본인들의 표정을 조금씩 지켜봤다. 평세는 사람들이 은밀하게 나누고 있는 말의 의미를 알아챘다.

이 정도면 나랏돈 다 퍼부어도 당장 복구 못 해. 피해 보상한다고 해도 우리한테 돌아올 순서나 있겠어? 죽기 전에나 받으면 다행이지.

고향 갈 노잣돈이라도 손에 쥐고 있어야 피난을 갈 거 아니야?

옆집 사람들 다 죽었대.

그 집 지하에 금고가 있다던데?

어이, 이럴 때 도둑질부터 생각해서야 쓰겠나?

성인군자 납셨네.

어디로 가야 하지…….

정신 바짝 차려. 미친놈들이 날뛰기 시작할 거야.

사방이 뒤숭숭했다. 그리고 이를 정리할 공권력은 전혀 보이지 않았다. 사람들도 기대하지 않는 것만 같왔다.

고향 사람들에게도 큰 곤욕을 당해본 적 있는 평세
는 사람들의 심정을 애써 이해하려 했다.

'이럴 때 마음이 흉흉해지는 게 인간이다.'

그러나 자욱한 연기가 잦아들면서 혼란의 그림자가
특정한 이들을 덮치는 건 세 청년 중 아무도 예상하지
못했다.

사위가 긴장과 불안으로 끓어올랐다. 평세는 불안
함을 느끼곤 발걸음을 재촉했다. 뜨거운 기운이 뒤통
수에 내리꽂히는 듯했다. 평세가 앞장서 걷기 시작하
자 달출과 태안도 걸음에 속도를 냈다.

평세는 사방에서 들려오는 예사롭지 않은 낌새에
압도당할 지경이었다. 일어를 못하는 달출과 태안도
불안을 느꼈지만 정확한 내용을 짐작하기는 어려웠다.
모두 죽었고 나도 곧 죽을지 모른다. 아무도 나와 우
리 가족을 구하러 오지 않을 것이다. 같은 현장에 있
는 사람들이니 불길함과 공포심만큼은 충분히 공감할
수 있었다.

"형님, 무서워요."

겁을 내는 태안을 달출이 달랬다.

"우리는 고향이 아닝께 여그 사람들보다 덜 우는 걸지도 모르제."

주저앉은 사람, 이웃과 싸우는 사람, 피난을 재촉하는 사람들의 얼굴에 침통함이 어려 있었다. 조선 청년들은 우선은 자기 살 일만 생각하면 되었으니 살아남은 이상 가족을 챙겨야 하는 이들보다는 덜 눈물 나는 처지일 거였다. 달출은 그렇게 생각했다.

"저그 보그라. 이곳을 한시라도 빨리 빠져나가려는 사람도 보이고 어디로 갈 곳 없는 사람도 보인당께. 다 똑같은 처지도 아닝 거여."

돈을 벌어서 어서 고향으로 갈 일만 생각했다. 주어진 일을 잘 해내고 몸 성하게 돈을 아끼고 배를 탈 미래만 떠올렸다. 워낙 멸시받는 처지였기에 앞으로는 좋아질 일만 있으리라 믿었다. 그렇게 믿지 않으면 버티기도 힘들었다. 그런데 이런 참혹함이 눈앞에 펼쳐지고 말았다.

불길이 이어지고 있는 자욱한 연기 사이로 비명이 피어올랐다. 무법 상태. 사람들은 가재도구와 봇짐 따위를 들고 흩어졌다. 약탈과 폭행이 있었다. 세 청년도 달리기 시작했다. 평세는 사람들의 비명을 들었다.

"도둑이야! 소요 사태다!"

혼란 속에서 사람들은 의심했다. 화재도 있었지만 이 와중에 방화도 있던 게 분명하다고 생각했다. 정오쯤 동네 쌀가게가 약탈당했다. 곳곳의 창고도 위험했다. 훔친 물건을 차량과 손수레에 채우고 은밀히 자리를 떠나는 이들도 적지 않게 목격되었다. 우물도 상당수 무너졌다. 새로 파기 전엔 먹을 물도 확보하기 어려울 것이다. 먹을 것도 없다.

분위기가 험악해졌다. 세 청년은 파출소부터 들르기로 했다. 조선인 일꾼들이 머물 피난소 위치라도 알아둬야 했다. 달출은 일본어를 못하지만 평세의 능력에 의지하기로 했다. 평세는 일어를 잘 알아들었고 그의 손짓과 몸짓을 보면 달출은 평세의 의중을 잘 이해했다. 목소리가 아닌 정보였지만 지금은 의지할 게 그것밖에 없었다. 서로 믿고 의지하는 방법 말고는 아무것도 없었다.

세 청년이 파출소로 향하는 사이, 피난을 떠나지 않은 주민들을 중심으로 마을의 소요를 수습하려는 사람들이 모여들었다.

　소방 훈련을 하던 자치조직, 반상회와 상점가 상인 모임, 재향군인회가 움직였다. 자치회에 늘 어슬렁거리며 뜬금없는 소리를 해대던 자칭 마을 장로도 나섰고, 그의 오른팔을 자처하는 영감도 나왔다. 에도 시대부터 마을을 지켜온 마을의 소방조직원들은 사다리나 물통을 꺼냈고 연장들을 몸에 둘렀다. 집 안에 대대로 모셔두었던 갑옷을 꺼내 입은 사람도 있었다. 총기 규제는 아예 없었던 시절이라 구비해두었던 엽총을 들고 나선 사람도 꽤 있었다. 남은 화재를 진압하고 피난소를 마련하고 군중의 소요를 정리할 것, 중앙 정부를 대리해 각 마을 단위에서 해야 할 일이 너무 많았다.

　소방조직원들과 자치회는 자경단 활동을 곧장 개시했다. 자칭 장로가 모두를 향해 엄중하게 지시했다.

　"화재 진압은 신속히 마무리하고 부상자 이동은 부녀자나 젊은 애들을 시켜. 어떤 미친놈들이 설쳐댈지 알 수 없는 노릇이니 정신 똑바로 차리라고. 중앙에서 누가 언제 올 줄 알아? 우리같이 가진 것 없는 사람들 돕겠다고 경찰이나 군대가 바로 와줄 것 같아? 우리 손으로 동네를 지켜야 한다."

언제나 그랬듯 본인이 몸소 나서지는 않으면서 장로가 모두를 향해 호통을 쳤다. 오늘은 그의 말에 반박하는 이가 없었다. 평소라면 일 처리에 훼방만 놓고 말만 많은 그의 거만한 태도를 곁눈으로 노려보는 이도 있었지만 지금은 다들 못마땅해하지 않았다. 이럴 때 바짝 긴장감을 유지하도록 환기할 목소리가 필요했고 장로의 성량은 유효했다. 그때 자칭 오른팔 영감이 숨을 헐떡이며 자치회 사무실로 달려왔다.

"들었어? 어떤 미친놈이 이 와중에 우리 밭을 다 엎고 농작물을 싹 다 가져갔어!"

그는 노여움과 슬픔이 담긴 목소리로 외쳤다.

"세상에⋯⋯!"

경악을 감추지 못한 채 주민들의 얼굴마다 깊은 그늘이 번졌다. 가뭄이든 화산 폭발이든 물난리든 제아무리 참혹했던 시절에도 농부들인지라 서로 농작물을 건드리는 일은 절대로 없었다. 농작물이 화재로 타버렸다 한들 거름을 위해서라도 남겨두는 게 인지상정이었다. 농작물을 훔치는 일은 전통적 가치를 중시하는 지역일수록 용납되지 않는 중대한 범죄였다. 지진과 화재에 이어 불신이라는 더 큰 참담함이 모두를 덮쳤다. 무너진 세계를 어떻게든 마주하며 같이 살아가야 할 사람들에게 느끼는 속절없는 배신감. 이 상황을 믿을 수가 없었다. 이건 공멸을 상징하는 사건이었다.

"설마, 누가 그런 짓을 해요……?"

"우리 마을 사람이라면 그런 짓을 할 리가 없어. 피난 가던 사람들이 약탈한 거 아닐까?"

"그럴 리가, 일본인이라면 그럴 리가 없어요."

"아무렴! 일본 사람은 절대 그런 짓 못 하지."

사람들 사이에 분노와 배신감이 공유되었다.

자치회 사무실 앞에서 모인 주민들은 무기를 손에 쥐고 순찰 업무를 최우선으로 삼았다. 부상자 이송과 피난소 운영은 부녀자들과 마을 젊은이들에게 맡겼다. 직접 경찰이자 군대 노릇을 담당하기로 했다. 막 위세를 떨치기 시작한 텐리교(天理敎)나 오모토교(大本敎) 같은 신흥 종교들의 동향도 파악해두는 게 좋겠다고 판단했다. 공산주의자와 아나키스트인가 하는 놈들까지 이참에 설칠지도 몰랐다. 기회만 있으면 조금이라도 돈 있고 권세 있는 자들을 해치려고 안달 내던 미친놈들이었다. 낮에는 용케 피해를 피한 이웃이 정신 나간 영감에게 일본도를 맞는 일도 있었다. 실성한 이가 우르르 쏟아져 나올지도 모를 일이었다. 소요 사태가 걷잡을 수 없이 확산되면 마을은 끝장이었다. 장로가 마을 사람들에게 영향력을 행사하며 외쳤다.

"이런 땐 짐승보다도 인간이 제일 무서운 법이야. 피난길 가던 놈들이 먹을 거 찾으려고 민가 들어가서 약탈하고 다닐 수도 있다. 낯선 놈들을 마주치면 단단히 지켜봐야 한다고."

아직 채 꺼지지도 않은 자욱한 연기 속에서 모두 바쁘게 움직이기 시작했다. 자경단원들은 파출소 앞에서 다시 모이기로 했다. 경찰들에게도 이 사실을 알리고 협력해야 했다. 이동하면서 부상자를 챙기고, 마을 사람들에게 피난소 위치를 알리고, 가족 중 부상자가 없는 부녀자들은 피난소에서 일을 도와달라며 외쳤다. 모두의 얼굴에서 땀이 흘렀다. 마을을 제 손으로 지키겠다는 결의의 땀이었다.

장로는 교쿠지츠(旭日)에게 자신이 자치회를 지휘한 일을 보고하러 달려갔다. 경찰 기능을 보완하기 위해 조직된 자경단은 치안 공백 상태일 때 가장 작은 행정 단위에서 공공의 역할을 담당했다. 수년 전부터 경찰은 자경단을 직접 조직해 관할해왔다. 자치조직이라는 명칭과 달리 애초에 민간 부문에 설치된 경찰 관할 편제로 재향군인회 편성과 함께 관리된 국가적 조직이었다.

세 청년은 파출소로 향했다. 숙소와 현장만을 오가본 세 사람은 길을 헤맸다. 풍경이 완전히 바뀌어 이전 기억도 무용지물이었다. 무너진 잔해 위를 걷는 것조차 버거웠다. 목이 말랐고 눈이 따끔거렸다. 공터의 수도꼭지에서도 물은 나오지 않았다. 태안은 걸음이 자꾸 뒤처졌다. 바닥에 떨어진 나뭇조각을 목발 삼았다. 아까부터 태안의 왼쪽 다리가 짓무르고 있었다. 달출과 평세는 걸을 만한 길을 찾아 앞장섰고, 가던 걸음을 멈춰 태안을 기다려주곤 했다.

달출은 머릿속이 복잡했다. 나가야도 무너졌을 것이고 낙담한 형님들도 많을 것이다. 당장 잘 자리나 씻을 곳도 없고 일터를 이탈하는 이들도 생길 것이다. 임금을 떼이거나 엉망이 된 현장을 물어내라고 하기라도 하면 어쩌나, 온갖 상상이 머리를 스쳤다. 달출은 힐끗 평세를 바라보았다. 평세도 머릿속이 온갖 걱정으로 가득한 것 같았다. 평세는 아까부터 울상이었다. 혹시 어딜 다친 걸까? 사람들의 이야기를 알아들었을 텐데 계속 우는 걸 보면 평세가 무슨 기미를 느꼈는지도 몰랐다.

"우리 몰골이 영 짠허다, 안 그르냐? 그라도 너무 걱정 말아라. 다 잘될 것이여."

달출은 딱히 대책도 없으면서 평세에게 짐짓 밝게 말했다. 그러자 그 말을 신호라도 삼은 듯 평세가 주저앉아 엉엉 울기 시작했다.

"어라? 야가 왜 이런대? 인제 잘 곳만 찾으면 되는디 걱정 말어."

달출이 평세의 얼굴을 들여다보자 평세가 손짓을 시작했다. 평세가 곁에서 계속 외치고 있는 말에 달출이 비로소 주의를 기울였다.

"어디 말이여? 저그 다리? 우리 밤에 만나기로 한 그 다리? 요쭈기 다리 말이여?"

평세가 고개를 끄덕였다. 그러곤 고개를 단호히 흔들며 달출의 팔을 꽉 붙잡았다.

"거그를 가지 말라고 허능 건가?"

평세가 고개를 끄덕였다.

―제발, 형님, 안 돼요. 거긴 가면 안 돼요.

"야 이놈아, 나가 거그서 보자고 말해놓고 안 가면 어떡하냐? 형님들이 달출이 이놈 죽었구먼, 하겄어. 나중에 어찌 낯을 본다냐."

평세가 자기 목을 붙잡고 우는 소리를 냈다.

"이렇게 천만다행 살았응께 만나러 가야지, 거그 가면 죽기라도 한다냐?"

달출이 평세를 달래던 손짓을 멈췄다. 어디선가 머릿속을 찌르는 듯한 통증이 느껴졌다.

"뭣이여? 죽는다고? 거그서 진짜 죽는다 이 말이냐?"

평세가 고개를 끄덕이며 울었다. 달출은 평세를 보

며 처음으로 눈을 흘겼다. 마음 착한 녀석이지만 오늘은 어리광이 심한 게 아닌가. 그런데 만약 평세의 말이 사실이라면, 오늘 밤 거기 모여들 형님들은 어찌 된단 소리지? 달출은 평세의 말을 믿어보기로 했다. 그리고 다리로 가기로 각오했다.

"긍께 가야 허제. 형님들 보고 피하라고 멀리서라도 소리는 쳐야 할 것 아니냐?"

그 말에 평세는 고개를 떨궜다. 그 다리 위에서 마지막 순간을 맞을 형님들은 그 수를 셀 수 없었다.

민 호 와
다 카 야 의
첫 번째 루프

민호와 다카야는 싱크로놀로지 시스템을 통해 마달
출이 있는 아라카와강 제방 공사장 근처에 도착했다.
지진 발생 직후부터 세 청년의 뒤를 조용히 뒤쫓고 있
었다. 민호는 위원회로부터 전달받은 데이터를 재확인
하며 상황을 파악했다. 마달출이 저 세 청년 중 한 명
일 것이다. 미야와키의 위치는 다른 곳이었고 아직은
함께 있지 않은 모양이었다. 이들이 어디서 만나게 되
는 건지 아직은 알 수 없었다. 다카야도 함께 도착했

기에 미야와키도 곧 만날 수 있을 거라 짐작할 따름이었다.

위원회의 검증 대상이 아니라서 동행하고 있는 김평세에 관해 자세히는 알 수 없었다. 도착하기 전에 미리 전달받은 기록을 통해 그가 서울 출신이고 언어 장애를 가졌다는 점은 알 수 있었다. 그의 아버지는 아들에게 풍요롭게 살라며 풍세라는 이름으로 출생신고를 하려 했다. 이장이 잘못 알아들은 바람에 면사무소에서 '김평세'라고 등록되었고, 그나마 여기선 그를 김평세라고 불러주는 사람도 없었다. 그 외에 그의 생사와 관련된 기록은 남아 있지 않았다.

"디테일은 가끔 무덤이 되기도 해. 중요한 것일수록 통합해서 크게 봐야 하니까 한눈에 안 보여."

민호는 일본어로 혼잣말을 했다. 민호는 사료의 신빙성을 증명하기 위해 애쓰다 자주 나가떨어지곤 했다. 증거를 가져오라는 사람일수록 진상을 알고도 외면하거나 보고 싶지 않은 사람들이 많다는 걸 민호는 경험으로 잘 알고 있었다. 검증된 증거가 있어야만 증명된다면 100년쯤 지나 생존자들이 모두 사망하고 기억조차 희미해지면 민간인들을 참혹하게 학살한 일도 없던 일이 되리라는 기대 섞인 믿음과 닿아 있다. 모두의 기억이 퇴색되어 자신들의 죄악까지 희미해지길 원하는 것이다.

"디테일에 매몰되지 말자. 이 학살을 막아야 해."

현장에 도착하자마자 민호는 속내가 튀어나왔다. 곁에 있는 다카야가 자신의 결의에 귀 기울였으면 했다. 다카야는 민호의 말을 들으면서도 심드렁한 표정이었다. 느긋한 성격인가 싶었지만 딱히 이 일에 의욕이 없어 보였다. 다카야는 시스템 스펙은 자세히 알지만 역사적 사실에 대해 몰이해한 듯했다. 민호가 설명했다.

"곧 일본 정부가 유언비어를 확산할 거고 그걸 믿은 평범한 사람들이 학살에 참여하게 돼. 선량한 사람들이 농락당한 거지. 너의 조상들이 말이야. 그러니 사람들에게 제대로 된 정보를 전하면 학살도 막을 수 있어. 역사를 제대로 바로잡을 수 있는 기회잖아. 위원회는 보고된 사례가 없어서 확신하지 못하지만 실제 성공 사례도 있을 거야. 피해자가 피해자가 아닌 상황이 됐기 때문에 인지를 못 하는 거지. 어때, 내 가설이?"

현장에 도착한 이후로도 다카야는 변함없이 무심하고 의욕 없는 표정이었다.

"야, 대충 하고 가자. 배고프다."

다카야는 들고 온 초코바를 씹어 먹으며 느긋하게 말을 이었다.

"할 수 있으면 해보든가. 하지만 나까지 끌어들이진 마. 나는 근처에 미야와키가 있나 찾아볼게. 너는 너대로 잘 숨어서 움직여. 4일 자정만 무사히 넘기면 임무 완수니까. 위원회 사무실에서 만나자고."

두 사람은 각자의 판단대로 타깃을 따라 움직이기로 했다. 다카야는 민호에게 등을 보이며 반대쪽을 향해 걸어갔다.

땀과 재로 범벅이 된 세 청년에게 민호가 다가갔다. 세 청년은 키가 훌쩍 큰 민호를 한참을 올려다봤다.

"저는 한국, 아니 조선 사람입니다. 여러분 지금 당장 숨어야 해요. 오늘 오후부터 조선인 상대로 학살이 일어납니다."

어디 말투인지 알 수 없었지만 민호의 조선말을 듣

자마자 세 청년은 무조건 반가운 마음이 들었다. 줄곧 무기력했던 평세의 얼굴에도 조금 생기가 돌았다.

"어디서 오셨능가? 이렇게 우릴 염려해주니 고맙긴 한디 다른 형님들을 내버리고 모른 척 숨어 있을 순 없어라."

달출은 방금 평세에게 하던 말을 민호에게도 되풀이했다. 민호는 마음이 다급해졌다.

"아니, 다 죽는다고요! 말을 좀 들어보세요, 선비처럼 굴다간 다 죽는다니까요!"

선비처럼 군다는 민호의 말에 달출은 눈살을 찌푸렸다. 백정 출신인 줄 알면서도 선비 같다고 놀리던 형님들의 말과 달리 불쾌했다. 민호의 예상보다 세 사람을 설득하는 일은 쉽지 않았다. 닥치지 않으면 모르는 법일까? 아니, 그보다도 민호가 세 청년의 결심을 바꿀 만한 신뢰가 없다는 게 문제였다.

"어이, 너희들 어디서 온 놈들이야?"

네 청년의 등 뒤로 동네 주민들이 다가와 말을 걸었다. 갑옷을 갖춰 입고 농기구나 일본도를 무기로 든 이들은 단단히 화가 나 있었다. 농작물을 훔친 이방인들을 색출하고 있었다. 막대 끝에 짧은 낫을 단 도비구치[6] 갈고리를 세워 들고 있었다.

민호가 유창한 일어로 대답했다. 다른 세 청년은 눈치껏 입을 다물었다.

"닛포리로 피난 가던 중에 조금 길을 헤맸어요. 조금 쉬다가 바로 떠나겠습니다."

갑옷 남자들은 민호의 깨끗한 행색과 낯설어 보이는 신발을 보며 눈가를 찌푸렸다. 오늘처럼 사방에 잿더미가 날리는 날 행색이 깨끗하다는 것은 무슨 뜻일까? 오늘 모두가 겪은 참사와는 무관한 자인가? 어떻게 무관할 수 있지? 일본인이 아니고서야? 번뜩이는 눈빛들이 말하고 있었다.

민호의 일본어 억양이 부분 부분 어색하다 느끼곤 갑옷을 두른 남자가 무기를 꽉 쥐었다. 몸집이 큰 민호는 주민들에게 낯설어 보였다. 아무리 봐도 평균적인 일본인 체구와 달라 보였다.

"너희들 사이비 종교지?"

"이 새끼들, 감옥에서 탈주한 거 아냐?"

"우리 마을에서 뭘 훔치려는 거지?"

사람들이 민호를 잡아 순식간에 철사로 손목을 결박했다. 화재로 녹은 전깃줄에서 남은 철사를 빼내 포승용 수갑처럼 사용했다. 달출과 평세가 사람들을 말렸고 태안이 한 발짝 물러났다.

"뭐야. 이거 놔!"

민호가 몸부림을 쳤다. 위원회는 싱크로놀로지를 일종의 통신 방식이라고 하지 않았던가? 그래서 제대로 된 무기도 챙기지 않았던 데다 웃옷 주머니에 넣어두었던 테이저건을 꺼내려던 순간 양손이 결박되고 말았다. 설마 이렇게 죽는 거야? 여기서 죽으면 어떻게 되는 거지? 민호는 싱크로놀로지 시스템 속에서 죽는 일은 상상한 적이 없었다.

"이거 안 놔?"

자경단 남자들이 달출과 평세도 추궁했다.

"자, 너희는 어디서 왔는지 말해봐!"

"외부인들이 우리 마을을 약탈해 가는 걸 가만히 보고 있을 것 같아?"

무기를 들었지만 주민들은 떨고 있었다. 민호는 이들의 감정을 처음으로 마주했다.

그들의 눈빛에는 혼란을 막고 공동체를 지키겠다는 나름의 결의가 비쳤다. 동시에 미지의 공포가 빚어낸 광기도 드러났다. 주민 중 한 남자가 유난히 흥분한 듯했다. 곁에서 한 남자가 그를 진정시키려 애쓰고 있었다. 상대의 말뜻을 몰라 우물쭈물하는 세 조선 청년이 위험했다. 이들을 향해 민호가 한국어로 소리쳤다.

"당장 도망쳐요! 적어도 일주일 이상 숨어 있어요!"

세 사람은 살짝 뒷걸음질을 치면서도 민호에게서 눈을 떼지 못했다.

"난 괜찮아요! 무기도 있고요! 얼른 가요!"

민호의 우렁찬 목소리에 세 청년이 정신을 번쩍 차리고 도망치기 시작했다. 민호의 어깨를 누르고 있던 두 남자를 제외하고 그 자리에 서 있던 세 남자는 추격을 시작했다.

자기 살 일부터 걱정하지, 우물쭈물하면서 남 걱정이나 하다간 제일 먼저 죽게 될 거라고. 민호가 결박 매듭을 손가락 끝으로 더듬으며 마음속으로 세 사람을 나무랐다. 당신들이 살아남는 게 역사가 바뀌는 건데.

호기롭게 소리쳤지만 결박을 푸는 건 쉽진 않았다.

민호는 부드러운 어조로 두 남자를 설득하기 시작했다.

"진정하세요. 저는 일본에 공부하러 온 유학생입니다. 절대 해를 끼치지 않을 거예요. 그럴 마음도 없고요."

하지만 주민들은 민호의 말에 전혀 안심하지 않았고 오히려 더 의심했다.

"잔머리 굴리지 마. 우리는 아는 사람들만 믿을 거야."

민호는 이들을 제대로 설득하고 싶었다. 재난이 불러온 절망과 불안은 마른 장작 같았다. 의심이 기름처럼 부어지고 여기에 유언비어가 성냥개비처럼 던져지면 폭발한다. 불안으로 흥분한 사람들을 진정시키는 게 관건이었다. 거짓말이 유포되고 있다는 걸 빨리 알려야 했다. 그런데 통신과 교통이 마비된 상황에서 순식간에 소식을 확산시키려면 어떻게 해야 하지? 신문도 발행이 중단된 참인데 일본 정부는 무슨 수를 쓴 거지?

"여러분, 오늘 밤 죄 없는 자들을 죽이면 세상에서 가장 악랄한 학살자로 역사에 남을 거예요. 수십 년에 걸쳐 후손들이 은폐하려 시도하지만 온 세상 사람들에게 손가락질당하게 되고요. 자손들도 대대로 부끄러움을 안고 살게 된다고요. 하지만 기회는 있어요. 두렵고 무섭더라도 함부로 사람을 죽이면 안 됩니다. 부탁드립니다."

민호의 말에 두 남자가 잠시 움직임을 멈추고 서로의 얼굴을 바라보았다. 민호는 미약하나마 자신이 이들을 설득했다고 생각했다. 손만 풀리면 이들을 제압할 수도 있을 것 같았다. 하지만 이들의 마음이 바뀌길 기대해보기로 했다. 사람이 변해야 상황이 변한다고 믿었다.

"오늘 밤부터 조선인들과 중국인들이 마을을 약탈한다는 소문이 퍼질 겁니다. 그건 완전히 거짓말이에요. 그러니 유언비어라는 걸 여러분들이 사람들에게 알려주셔야……."

그 순간 한 남자가 민호의 목뒤에 칼을 꽂아 넣었다.

"헉!"

날카로운 칼끝이 이번엔 민호의 배와 심장에 깊숙이 박혔다.

"이봐, 이건 아니잖아! 우릴 지키려고 나선 거지 누

굴 죽이려고 나온 게 아니라고."

두 남자 중 한 남자가 말렸다.

"봤잖아. 우리 집이랑 밭이 모조리 약탈당했어! 가만두면 다른 집도 약탈당해!"

"이 사람이 그랬다는 증거가 없잖아. 처형까지 우리가 어떻게 하나."

"어이, 정신 차려! 지금 경찰이나 재판관이 어딨다고 이래!"

남자는 앞으로 꼬꾸라져 쓰러진 민호의 발뒤꿈치에 갈고리를 꽂았다.

"이 난리통에 구사일생으로 살아남았는데 조선인들까지 날뛰다니……. 도대체 우리는 왜 이렇게 불행한 거야?"

민호의 시체는 갈고리에 질질 끌려 근처 개울가에 던져졌다. 한 남자가 민호를 살해하는 사이 다른 한 남자는 화를 내며 자리를 떴다.

그 순간 말을 타고 순찰 중이던 부장 경찰 교쿠지츠 아키라가 현장에 다가왔다. 그는 갈고리 남자와 무슨 말을 잠시 나누더니 남자를 돌려보냈고 자신은 갈 길을 갔다. 제지도 구속도 처벌도 없었다. 눈을 번뜩이는 부장 경찰은 치안 유지가 아닌 다른 데에 관심이 있는 듯했다. 누군가를 찾는 눈빛이었다.

가까이에 숨어서 이 장면을 보고 있던 다카야는 머릿속이 새하얘지며 얼어붙었다. 처음부터 끝까지 지켜보고만 있었다. 처음부터 돈 때문에 왔을 뿐 별다른 의욕이 없었는데 이제 모든 의지가 완전히 사라지고 몸에서 힘이 빠졌다. 시스템을 통해 이동한 곳에서 죽는 일은 없는 줄로만 알았다. 이제 민호는 어떻게 되는 거지? 다카야는 고개를 저으며 읊조렸다. 그건 내가 아니라 시스템 설계자들이 책임져야 할 일이다.

다카야는 줄곧 자신의 선조들이 속았다고 생각했다. 선량하고 평범한 사람들이 순진하게 유언비어를 믿었기 때문에 학살에 가담했다고 믿고 있었다. 하지만 지진 발생 당일인 9월 1일은 조선인이 위험 행동을 벌인다는 유언비어가 아직 퍼지기도 전이었다. 이미 학살이 벌어지고 있었다. 다카야는 충격을 받았다. 아무리 재난 상황이라지만 선제 방어를 구실로 습격을 정당화할 순 없다. 그게 살인이라면 더더욱.

민호가 살해당하면 자신은 언제 어떻게 미래로 돌아갈 수 있는지 아무런 설명을 듣지 못했다.

"어이, 넌 또 누구야?"

다카야는 갈고리로 민호의 시체를 내던진 남자와 딱 마주치고 말았다. 갈고리 남자가 물었다.

"넌 뭐야? 아까 그자랑 아는 사이인가?"

다카야는 조금씩 뒷걸음질을 쳤다.

"아, 아니요. 저는 모르는 사람입니다."

민호와 잘 모르는 사이인 것은 사실이다. 자신은 거짓말을 하지 않았다. 다카야는 눈을 질끈 감고 달리기 시작했다. 하지만 어디로 향하고 있는 건지 다카야 자신도 알 수 없었다.

민호는 카타콤베 입구에서 다시 눈을 떴다. 목덜미와 심장, 그리고 발뒤꿈치에서 뻐근하고 기묘한 통증을 느꼈지만 곧 가셨다. 예기치 못한 에러가 발생해 검증단의 과거 접속이 끊기면 참여자는 해당 기억을 잃고 처음 시점으로 돌아온다. 민호는 임무 도중에 죽은

적이 있음을 기억하지 못했다. 애매한 기시감을 뒤로
한 채 민호는 허리를 숙여 카타콤베로 들어갔다.

한편 다카야는 도쿄 인근에서 숨을 죽이고 일주일
간 동굴에 숨었다가 살아남았다. 다카야의 통신은 끊
기지 않았기에 그는 그곳에 남았다. 다카야는 카타콤
베로 되돌아가지 못했고 미래로 소환될 날만을 기다
리며 숨죽여 살아갔다. 스물다섯 살에 임무에 참여해
과거로 온 다카야는 계속 미래로 돌아갈 일만 기다리
느라 소극적이고 무기력하게 살았다. 말년에는 폐암으
로 고생까지 했다. 다카야는 자신이 탄생한 해에도 눈
을 감지 못했다. 아무도 찾지 않는 버려진 폐가에서 병
상에 누워 임종을 느끼면서도 어찌 된 일인지 죽지도
못하고 생이라는 고통을 당했다. 간신히 고통이 사그라
든 순간, 다카야는 자신이 원래 살았을 2023년 이후를
겪지 못했다는 걸 깨달았다. 자신에게는 미래가 허락
되지 않았다. 그렇게 죽는다고만 생각했다.

그 직후 다카야는 카타콤베 입구에서 눈을 떴다.

"여기는 설마……?"

다카야는 민호를 보자마자 사태를 파악하고 카타

콤베 반대편으로 최대한 멀리 달리기 시작했다. 그러나 이상하게도 아무리 달려도 카타콤베 입구로 되돌아왔다.

"뭐 하는 거야?"

다카야를 보는 민호의 표정은 100년 전과 똑같았다. 다카야는 지난 100년 동안 곱씹던 순간으로 되돌아왔다. 민호는 마치 이 상황을 처음 맞는 것처럼 굴고 있었고 다카야는 모든 것을 기억하고 있었다. 지난 세월을 온전히 기억하고 있는 다카야에게 형벌처럼 시간 루프가 반복되기 시작했다.

아시아 홀로코스트 위원회는 같은 팀원과 반드시 함께 돌아와야 한다고 당부했다. 그러나 이전 검증단 중에서도 팀원들이 갑자기 사라지는 경우가 있곤 했다. 처음에 위원회는 무단 이탈의 문제 정도로 가볍게 생각했다. 검증단 기수에 따라 팀원 간의 갈등이 심한 경우가 있었으니 이것이 시스템에 영향을 미친 게 아닌가 추측하는 수준이었다. 보통 균형감을 이유로 입장이 정반대인 집단에서 선발된 이들로 팀을 구성했기 때문이다. 위원회는 검증단 참여자들의 동시 귀환을 통해 진정한 화해의 방식을 찾길 원했다. 정치적인 문제도 얽혀 있었다.

하지만 문제가 있었다. 검증단 참여자들이 의도적으로 과거인을 죽이거나 팀원의 죽음에 개입하거나 방조하면 시스템에는 예상치 못한 에러가 발생했기 때문이다. 과거를 관찰하는 시스템은 참여자가 과거인이나 동료를 살해 또는 살해 방조할 일을 애초에 고려하지도 기획하지도 설정하지도 않았다. 위원회는 기술적 해결책 이외의 다른 방식을 기대했다. 입장이 다른 검증단원들이 어떻게 갈등을 해소할 수 있을지 지켜보기로 한 것이다.

2부

고향을 떠나 부산항에서 배를 탔을 때 평세는 조금 떨렸다. 바람이 상쾌했다. 식민지가 어떤 상태인지 정확히 몰랐지만 가진 것 없는 밑바닥 사람들에게 새로운 시대를 뜻하는 일일지도 몰랐다. 부산을 떠난 배는 금세 시모노세키에 도착했다. 오사카를 거쳐 도쿄로 향할 계획이라는 이야기를 들었다.

탄광으로 간다는 사람들이 시모노세키에 내린 뒤 배는 다시 출발했다. 떠나온 부두는 차가웠는데 바닷 바람이 조금씩 미지근해지는 걸 체감했다. 배에 오르기 직전부터 평세는 열이 나기 시작했다. 들떠서 그런가, 아니면 뱃멀미인가 싶었는데 승선한 직후 몸이 펄펄 끓듯 뜨거워졌다. 곧 오한과 두통, 복통과 설사와 발진이 이어졌다. 전염병이었다. 병마가 승선객들의 신분과 재산을 파악하기라도 한 것처럼 가진 것 없는 사람부터 쓰러졌다. 1910년부터 조선에서도 장질부사(장티푸스) 예방 접종이 시작됐지만 가난한 이들에게까지 접종 순서가 돌아오지는 못했다.

펄펄 끓는 몸을 끌어안고 평세는 창고에 숨어들었다. 이전에 조선에서 장질부사가 평세의 마을을 덮쳤을 때 사람들은 회생이 불가능하다고 여긴 이를 홀로 굴속에 보낸 며칠 후 생매장했다. 아프면 안 됐다. 남을 아프게 하는 건 더욱 안 됐다. 죽어 마땅한 벌이라도 받는 것처럼 아픈 이들은 사람들 사이에서 밀려났다. 전염시키지 않은 망자에게만 고맙다는 제사를 지냈다. 이런 인사를 듣는 이도 일부에 불과했다.

도쿄항에 도착한 뒤 배는 한 달 정도 더 정박했다. 장질부사 환자의 잠복기는 1개월 남짓이다. 고용주인 일본 정부는 아직 계약서도 쓰지 않은 자들을 치료할 여력도 자비심도 없었다. 한 달을 방치했다가 살아남은 사람만 데리고 간다는 심산이었다. 처치나 치료는 없었다. 굿도 기도도 없었다. 승선한 조선인들은 오로지 자력으로 생사를 건 운을 겨룬 뒤 하선할 수 있었다.

까무룩 쓰러져 있다 옅게 의식이 돌아올 때마다 평세는 어떻게 죽어야 할까 생각했다. 다른 이들을 감염시키는 자는 배척당한다. 약한 자신은 살 자격이 없겠다고 생각했다. 바다로 뛰어내릴까. 혀를 깨물까. 목을 맬까. 어떤 방법을 떠올려도 당장 움직일 힘은 나지 않았다. 뭐라도 할 힘이 돌아온다면 그때 생각하자. 그런데 기력이 돌아오면 어떻게 해야 할까. 그 힘으로 죽으러 가야 할까, 아니면 살아보려 해야 할까. 도저히 답할 수 없는 질문을 머금은 입술이 바싹 말라붙었다. 버석한 입 안의 악문 잇새로 누군가 물을 흘려 넣었다. 그래, 죽으려 해도 힘을 내야 해. 평세는 살짝 눈을 떴고 어둠 속에서 약하게 빛나는 작은 빛을 보았다. 자신이 갑판 위에 던져져 밤하늘 아래 새벽 비를 맞고 있다고 생각했다. 목구멍을 통과하는 빗물을 맛보며 다짐했다. 만약 아주 조금이라도 기력이 돌아온다면 반드시 살아보겠다고, 꼭 살고 싶다고.

아주 조금 회복했을 때 자기 입에 새벽 빗물을 흘려 넣어준 사람이 달출 형님이란 걸 알았다. 어둠 속에서 빛나던 형님의 눈동자가 꼭 밤하늘의 별처럼 보였다.

몸을 일으킬 수 있을 정도로 회복한 후 평세는 자신이 살아남은 게 기적 이상의 의미라는 걸 알았다. 배에 탔던 사람들이 자신이 가진 것을 조금씩 모아 아픈 이들을 위해 미음을 쑤었다고 했다. 한 사람의 선의나 재산만으로 다 같이 살아남는 것은 어려웠다. 하지만 가진 것 없는 자들이 함께 뜻을 모았다. 팔도 사람들이 노잣돈을 모아 쌀을 구했다. 그 얘기를 듣자 자신이 먹었던 미음에서 조선 전국의 맛이 나는 것만 같았다. 그리고 이때 나서서 사람들의 불안한 마음을 다독인 사람이 달출이었다. 아픈 자들이 쓸 화장실을 따로 멀리 두었고 덜 아픈 사람들에게 할 일을 나눠주었다. 물론 절대로 나서지 않는 몰락 양반들도 있었다. 하지만 아무도 움직이지 않았다면 예외 없이 전멸했을 상황에서 모두를 구한 사람이 바로 백정 출신 달출이었다.

한 달 후 배에서 내릴 때 평세는 후들거리는 다리로도 있는 힘껏 걸었다. 살러 가는 길이었다. 죽으러 갈 힘을 내지 않아 다행이었다. 죽는 길 말고 사는 길로 오라고 자신에게 손짓한 이가 달출 형님이었다. 형님이 없었으면 평세는 이미 포기했을 거였다. 평세가 포기하려 했을 때 형님은 평세의 입술에 물과 미음을 축여주며 말했다.

"여그까지 와서 죽으면 억울해서 쓰겄나. 같이 살장께. 억울하지 않게 말이여."

그건 형님이 평세에게 선물해준 기적이었고, 살아도 된다는 허락처럼 들렸다. 두 번째 인생이 시작되는 것 같았다.

달출 형과 함께 아라카와강의 방수로 공사를 담당하는 토목 현장으로 가게 된 것을 알고 평세는 기뻤다. 그는 부두에 내려 주위를 돌아보았다. 그때만 해도 어깨가 구부정했던 종천과 배 위에서 한 치도 움직이지 않았던 몰락 양반 형님들도 같은 관리자들에 이끌려 이동하고 있었다. 평세는 모두를 바라보며 생각했다. 출신과 사투리, 먹는 밥과 약은 다를지라도 모두 같이 살아야 한다. 달출 형님 덕에 떠올린 생각이었다.

평세와 달출, 태안은 정신없이 도망치기 시작했다. 따라오는 남자들은 당장에라도 사람들을 죽일 것처럼 광분한 상태였다. 태안의 다리가 힘을 내주어 천만다 행이었다. 쫓아오던 자들은 무거운 갑옷 때문인지 점 차 뒤처졌다. 무기를 가졌다고 말하던 키 큰 조선 남자 도 잘 피했길 바랄 따름이었다.

자욱한 연기 속에서 해가 넘어가고 어둠이 내려앉 자 주변 분위기가 더욱 험악해졌다. 세 사람은 묘한 낌새를 느끼곤 최대한 주민들과 거리를 두고 사람이 없는 그늘을 찾아 움직였다. 목이 말랐고 배도 고팠다. 주민들이 아라카와 제방으로 모여들었다. 수천 명, 아니 수만 명은 되어 보였다.[7] 자치회의 소방 활동에도 불구하고 화재는 계속되고 있었다. 쌀을 챙겨 가지고 나온 사람은 그나마 행운이었다. 불타버린 밭에서 채소를 뽑아 온 사람도 그나마 다행이었다. 밥을 지어 작게 주먹밥을 만들어 나누는 사람도 있었다. 다들 눈치껏 가진 것을 나눴다. 이런 때 자기 소유를 아끼다 밥이 쉬어 버려지기라도 하면 부덕한 일이 된다. 호의든 아니든 옆 사람의 안위를 살펴야 했다.

세 청년은 계속 식수를 찾아 헤맸다. 공터의 수돗가나 화재로 전소된 집 마당의 수도에서는 물이 나오지 않았다. 무너진 빈집 부엌을 보았을 때 달출은 잠시 걸음을 멈췄다. 빈집으로 보이지만 아닐 가능성도 있었다. 버려진 집이 확실한지, 피난을 떠난 사람이 두고 간 물건이나 식량은 가져가도 되는지 알 길이 없었다. 달출은 빈집 앞에서 서성였다. 달출의 뜻을 헤아린 평세도 걱정스러운 표정이 되었다. 재난 이전에도 일본에서 머무르며 줄곧 마주했던 편견이 새삼 떠올랐다.

일본에 도착한 직후 조선 청년들은 자신들의 신세
가 조선에서 살 때보다도 더 못한 처지가 되었다는 걸
깨달았다. 일본인들은 조선의 양반 계급과 다를 바 없
었다. 조선인이 말이 통하지 않는 데다 식민지 출신이
기에 속 편히 경멸하는 듯했다. 새로 섬기게 된 일본
양반들의 신분이 일본 안에서도 그다지 높아 보이진
않았지만, 일본 서민과 식민지 서민 사이에도 계급의
높낮이가 있었다. 그러니 여기서도 천민답게 행동하라
는 압박이 만연했다.

늦은 밤, 길에서 평세는 동네 사람들과 눈이라도 마
주치면 기겁하는 사람들을 자주 만났다. 조선 청년이
피로에 휘청이며 어깨를 움츠리고 다리 아래로 숨어드
는 일조차 불량하고 무서워 보이는 모양이었다. 나막
신 소리가 들리지 않는 조용한 걸음이, 짚신도 아끼려
고 맨발로 걷는 모습이 무섭게만 보였을까. 평세의 흔
들리는 그림자를 보고 어린 소녀들이 깜짝 놀라는 건
그렇게까지 불쾌하지 않았다. 놀라게 할 의도가 없었

다는 뜻을 전하고 싶었지만 오해를 부를 수 있기에 그저 빠르게 그 자리를 피하는 게 상책이었다. 다만 건장하고 살집이 후덕한 중년 남자마저 놀란 얼굴로 버럭버럭 고함을 치면 평세는 살짝 귀를 막곤 했다.

언제부터인가 하나둘씩 저고리에 달았던 옷고름을 뜯어내 허리춤에 달기 시작했다. 현장이 아닌 곳에선 조선말로 큰 소리로 잡담하는 것도 삼갔다. 길에 앉아만 있어도, 버려진 담배꽁초를 주워 피우기만 해도, 형님들이 시시덕거리기만 해도 일본인들은 발걸음 방향을 바꿔 자리를 피해 갔다. 과하게 적개심을 표하거나 벌레 보듯 경멸하거나 두려워 경계하는 일본인 얼굴을 보고 의아했던 것도 처음에 몇 번뿐, 말수를 줄이고 행동을 삼가는 게 조선 청년들의 미덕이 됐다.

그러니 이렇게 난리가 난 와중에도 자신의 행동을 조심하는 것은 준법정신이 투철하다거나 밑바닥 신분을 자각해서라기보단 차가워지는 눈빛을 또 마주하고 싶지 않았기 때문이다. 어떤 문제에 관해 항의하더라도 보통 문제는 해결되지 않았고 외면당했다. 일본인들은 자신들끼리도 의견을 교환하는 일을 그다지 좋아하지 않는 것 같았다. 하물며 식민지 사람들의 의견은 들을 리가 없었다. 그러니 해명하려 애쓰는 상황이 되기 전에 조심하는 게 나았다.

달출은 혼자서 빈집에 들어갈 결심을 했다. 구호 물품이 조선인들에게까지 돌아오진 않을 테니, 달출은 생존을 위해 도둑질이라도 해야 한다고 생각했다. 피난 장소도 정해지지 않은 마당에 조선인 노동자에게 주먹밥이 돌아올지도 알 수 없었다. 모두가 떠난 게 분명해 보이는 집을 고를 작정이었다. 다 같이 들어가는 건 좋지 않았다. 안 그래도 조선인들은 다 싸잡아 '불온한 패거리'[8]라고 매도당하는 참에 범죄자로 보일 빌미를 동생들에게 따라붙게 하고 싶지 않았다.

골목을 한 바퀴 돌아본 달출이 동생들에게 한 집을 가리키며 음식과 물을 가져오겠다고 말하려던 순간, 가까운 곳에서 여성의 비명이 들렸다. 낮에 무너진 잔해 안에서 손을 뻗은 이를 구하려 애썼지만 안타깝게 놓쳤던지라 세 청년은 반사적으로 비명을 향해 달려갔다.

달출은 비명이 퍼지는 진원지 앞에서 걸음을 멈췄다. 달려나가려는 동생들의 팔을 슬며시 잡았다. 눈앞에는 약한 모든 이들의 미래를 보는 듯한 장면이 펼쳐졌다.

작은 가게인 것 같았다. 잘 차려진 상점이라기보단 가판 위에 채소나 과자를 팔던 곳이었다. 가판을 지키던 할머니는 쓰러져 있었다. 낮에 잔해에 깔려 다친 것인지 주변에 있던 사람들에 의해 다친 것인지 알 수 없었다. 할머니가 지키던 작은 좌판은 순식간에 텅 비고 말았다. 사람들이 떠난 뒤 할머니를 부축하려 다가갔지만 할머니는 일어나지 못했다.

자신도 빈집에 들어가려던 참이었지만 이런 때에도 가장 약한 사람이 쥐고 있는 것부터 뺏긴다는 걸 보게 됐다. 절도 행위가 살기 위해 어쩔 수 없대도 이때 맨 먼저 약한 자들의 몫부터 빼앗는 일은 전혀 다른 문제였다. 구호 순서가 돌아오지 않더라도 절도가 아닌 다른 방법을 찾기로 했다. 그래야 이 사회 끄트머리에 매달려 있더라도 이유 없는 수모는 당하지 않을 것이라 생각했다. 고향에서도 그랬다. 약한 사람들이 더 도덕적이어야 했다.

"형님, 근데 비명은 할머니 목소리가 아니라 젊은 여자였던 것 같지 않아요?"

비명은 이미 멎어 있었다. 그리고 벽 뒤에서 한 남자가 모습을 드러냈다. 바지춤을 올리고 있었다. 남자는 줄곧 숨어 있다가 세 사람이 조선말로 말하는 걸 듣고 밖으로 나온 모양이었다. 그가 모습을 드러낸 벽 뒤에는 심하게 맞고 겁탈당한 듯한 여성이 쓰러져 있었다. 여성에게 다가가려는 태안을 달출이 막았다. 오얏나무 아래서 갓끈을 고쳐 매는 일이 될 터였다.

달출은 몸이 떨렸다. 아버지가 해준 이야기가 생각났다. 조선은 계급 고하를 가리지 않고 성범죄에 대한 처벌이 엄중했다. 그런데 아버지는 젊었을 때 딱 한 번 마을의 수많은 부녀자가 한꺼번에 강간당하는 것을 보았다고 했다. 아버지는 말했다. 그때 적들은 작전을 펼치듯 고향의 여성들을 겁탈했다. 고향 남성 중에서도 그 틈에 이웃을 겁탈하는 자가 있었다. 그 순간 마을 사람들 모두를 적으로 돌려도 된다는 듯. 아버지는 1895년 나주에서 동학농민혁명이 처절하게 진압되는 전쟁[9]을 겪었고 언젠가 그때 일을 몸서리치며 회상했다. 일본인들이 군인 신분으로 들어와 우리 고향을 악랄하게 초토화했다고.

"이런 미친 새끼를 봤나!"

여성의 가족인 듯한 일본인이 다가와 비명을 질렀다. 세 사람은 자신이 가해자가 아니라 목격자임을 어떻게 설명해야 할지 몰랐다. 자리를 뜨려고 한 순간, 등 뒤에서 남자의 목소리가 들렸다.

"이놈들이 강간한 걸 내가 봤어!"

바지춤을 올리며 나온 그 남자였다. 평세가 발을 구르며 그 남자를 향해 손가락을 치켜세웠다.

"아이고, 적반하장이 따로 없어야!"

달출도 화가 나서 외쳤다. 울면서 옷매무새를 고쳐주고 여성을 들쳐 업은 가족이 일본인 남자에게 무언가 한마디 하고는 자리를 떴다. 아마도 그의 평소 행실을 보아 진범을 파악한 듯했다.

"흥, 이런 때 아녀자들이 죽었대도 지진에 죽었는지 화재에 죽었는지 몸 함부로 굴리다가 죽었는지 누가 알겠어?"

남자는 태연히 자리를 뜨며 큰소리를 쳤다. 달출은

의문스러웠다. 이런 상황을 마주하고도 일본인들은 여전히 서로를 운명 공동체라고 부를 수 있을까? 한 가지는 확실했다. 아버지의 말처럼 더 약한 자에게 쏟아지는 폭력을 제어하지 못하는 무너진 공권력은 전쟁을 낳는다고. 이미 이곳은 전쟁터였다. 단 하룻밤 사이, 무법 지대 속에서 물리적인 힘이 한정된 식량을 독점하는 최고 권력의 자리에 올랐다. 지진 이후, 혼자 남은 여성들에게 안전과 한 끼 식사를 제공한다며 거래의 형태를 띤 강간도 빈번하게 일어났다. 이와 동시에 조선인이 강간을 한다는 유언비어도 이날부터 전국 경찰서의 공문에 일괄적으로 적히기 시작했다.

달출은 빈집을 찾으려는 계획을 그만두기로 했다. 경찰서에 들렀다가 형님들을 만나기로 했던 요츠기바시 다리로 서둘러 가야 했다.

한 남자의 목소리가 동네에 울려 퍼지기 시작했다.

"강간이다, 강간! 조선인들 중국인들이 혼란을 틈타 아녀자들을 강간하고 다닌다!"

바지춤을 올리던 남자의 목소리였다. 나주에서 학살이 일어났을 때 아버지는 스물둘이라고 했다. 달출은 자신이 딱 스물둘이라는 사실을 떠올렸다. 그때 아버지가 뭘 봤다고 했더라? 아버지의 반복되는 한풀이로만 생각해 어린 달출은 귀 기울여 듣지 않았었다.

세 청년의 눈앞에 파출소가 보였다. 파출소는 아우성이었다. 화재 진압과 부상자 운반만으로도 경찰은 손이 모자라 보였다. 약탈과 폭행 피해를 호소하는 사람도 있었다. 달출은 깨달았다. 조선인이 오늘 밤 잘 자리를 마련해줄 사람은 아무도 없다는 것을.

누군가 소리쳤다.

"오늘 같은 날, 조선인을 먼저 구하는 경찰이 진짜 일본 경찰이냐!"

달출은 그 목소리의 주인이 누구인지 알았다. 부락민 출신 일본인이었다. 다른 주민들도 항의하는 목소리를 높였다.

"지금 누굴 보호하는 거야? 얘들 폭탄 가졌다고. 당장 조치하진 못할망정 보호한다고?"

주민들은 파출소 안 구치소로 들어가는 사람들과 공권력을 향해 야유를 보내고 있었다.

"모두 조용히 해!"

순사 부장과 경부 보좌들 몇을 이끌고 스미다 지구를 순찰 중이던 부장 경찰 교쿠지츠가 말안장에 앉아 흥분한 주민들을 향해 천둥처럼 호통을 쳤다. 떼쓰는 자들이 날뛰지 않게 하는 일은 경찰의 가장 기본적인 임무였다. 교쿠지츠는 매서운 눈으로 주민들을 쏘아보았다. 오늘 지진 피해 규모는 상상을 초월했다. 복구에 수년은 걸릴 것이다. 사람들의 흥분과 불안도 감당이 안 될 수준이었다. 절도와 약탈도 속속 보고되고 있었다. 교쿠지츠는 소리치는 사람들의 인상착의를 정확히 기억해두었다. 그는 사람의 얼굴을 마치 사진 찍듯 똑똑히 기억하는 재주가 있었다. 머릿속에서 카메라 셔터 눌리는 소리가 들려오는 것 같았다. 이 혼란 중에 단순한 울부짖음과 더 큰 분란을 가져올 위험을 구분해야 했다.

달출은 파출소로 들어가는 사람들을 지켜봤다. 현장에서 함께 일했던 몇몇 형님도 보였다.

"여그서 조선인들을 보호하는 것이오, 아니면 구속해놓는 것이오?"

달출이 파출소 앞으로 나아가 경찰들에게 항의했지

만 돌아오는 반응은 없었다. 그때였다. 경부쯤 될까? 계급이 조금 높아 보이는 경찰이 달출을 향해 다가오고 있었다. 교쿠지츠는 성큼성큼 위협적으로 다가오던 중에 갑자기 경련을 일으키고는 풀썩 바닥에 쓰러졌다.

구치소 안을 가리키는 태안의 말에 달출은 시선을 돌렸다. 태안이 형님들에게 말했다.

"저기 용인 형님이잖아요. 형님이 왜 구치소로 들어가는 거죠?"

용인 형님은 아내와 함께 일본에 건너와 아이를 낳은 지 얼마 되지 않았다. 세 가족이 자리를 피하듯 파출소 안 구치소로 들어갔고 이들을 향해 주민들이 화를 내고 있었다.

"뭘 잘못했다면 그 사람만 드가겠지? 성님 가족들이 다 같이 가는 거 보면 임시로 몸을 피하려는 거 아니겠냐?"

달출의 추측에 평세와 태안도 고개를 끄덕였다. 주변 분위기가 험악하기는 했지만 저 작은 파출소에는 적어도 물이 있을 것이다. 달출은 평세와 태안에게 파출소에 머물라고 제안했다.

파출소 뒤편에는 제대로 문이 남아 있는 건물이 없었다. 회사 건물이라고 불릴 만한 곳은 보이지 않는 폐허였다. 밤이 어둑해지고 있었다. 종일 걸었지만 회사도 정부도 조선인을 도울 의지는 없다는 걸 확인했을 뿐 수확은 없었다. 태안은 계속 왼쪽 다리를 붙잡고 숨을 골라야 했다.

평세는 오늘 여러 번 태안을 부축하며 그의 마지막 순간을 반복해 들여다보았다. 태안이 약한 다리를 이끌며 발걸음을 움직이고 있으니 그의 마지막 순간이 다가오지 않기를 바랐다. 그의 미래가 바뀌길 바랐다. 태안의 마지막 순간에 보였던 불길과 물길을 떠올리며 평세는 적어도 파출소에는 불이나 물이 없으리라 확신했다.

평세는 달출을 따라가겠다고 고집을 부렸고 결국 파출소에는 태안만 남겨졌다.

"형들이 꼭 돌아올 테니께 꼼짝하지도 말그라. 아까 그 키 큰 청년이 일주일은 숨으라고 했잖여. 알겠지?"

달출은 용인 형님네 가족도 있으니 괜찮을 거라 믿

었다.

한편 평세는 구속당하면서까지 도망치라고 소리쳤던 괴상한 옷차림을 한 조선 남자의 말을 곱씹고 있었다. 평세가 이미 본 것과 똑같은 예언을 했다. 이곳의 조선인들은 모조리 죽는다. 그는 일주일 정도 숨어 있으라고 말했다. 평세는 자신의 능력을 이제껏 저주라고만 생각했다. 하지만 죽음의 순간을 피할 수 있게 도울 수만 있다면 불길하다고 불려온 이 능력은 다른 의미로 바뀔지도 몰랐다.

달출은 요츠기바시 다리로 가겠다고 했다. 평세는 그의 의지를 꺾을 수 없었기에 그곳에서 달출이 잘 피할 수 있도록 도울 생각이었다.

태안은 이미 지쳐서 움직이지 못했다. 태안이 파출소로 들어가려는 순간 검은 재로 뒤덮인 더러운 개 한 마리가 낑낑대면서 태안에게 다가갔다.

"장군아!"

태안이 개를 알아보고는 끌어안고 얼굴을 비볐다. 장군이는 태안이 얼마 전에 구해준 개였다. 처음 만났을 때 더럽고 냄새나던 그 개는 목 근처에 피고름을 달고 깊은 상처를 입고 있었다. 그때 태안이 조심조심 다가가 철심을 빼주고 지혈을 위해 저고리 옷고름을 뜯어 목에 감아주었다. 들여다보니 철심이라고 생각한 건 잘 벼린 무기였다. 화살촉 같았다. 얼마 후 건강을 회복한 개는 태안을 졸졸 따라다니기 시작했다. 그 모습을 보고 제방 현장의 형님들이 웃었다.

"와, 태안이가 개를 한 마리 대동하고 나타나니 갑자기 장군처럼 늠름해 보이는구나."

태안이를 장군으로 만들어준 터라 개는 장군이라는 이름을 얻었다. 장군이의 주인은 이누오우모노(犬追物)라는 전통 사냥 연습 중에 살아 있는 개를 거침없이 죽이던 잔인한 인간이었다. 훈련이라는 이름의 폭력 끝에 목에 화살촉을 맞고 장군이는 간신히 탈출했다. 조선인 청년에 의해 거의 죽을 뻔했던 목숨을 구한 뒤로 얼떨결에 장군이라는 조선식 이름으로 불렸다.

태안이 파출소에 들어간 직후 장군이가 입구 근처에 자리 잡고 근방을 지켰다. 달출과 평세는 위치를 잘 기억해두려 주변을 한참 둘러보았다. 두 청년은 제방 쪽으로 발걸음을 돌렸다.

'장군아, 태안이를 부탁헌다. 너도 살고 우리도 살자.'

달출은 개 한 마리도 허투루 죽지 않았으면 했다. 이러니 자기는 백정이 되기는 영 글렀겠다고 생각했다.

오는 길에 허물어진 우물을 발견하고 물을 길어 마셨다. 더러웠고 숯 맛과 쇠 맛이 났다. 버려진 통에 물을 담았다. 숯덩어리가 가라앉으면 그나마 마실 만했다. 물을 떠서 마시는 도중에도 우물물 색깔이 점점 변해가고 있었다. 주변에서 오물들이 흘러들어오는 듯 색이 탁해지고 기름이 떠올랐다.

저녁 8시쯤 되었을까. 평세와 달출은 제방으로 걸어왔다. 요츠기바시 다리가 보이기 시작했다. 다리는 피해 지역에서 외부로 빠져나갈 수 있는 주요한 통로 중 하나여서 피난민으로 북적였다. 어둠 속에서 수만 명, 아니 십수만 명이 불안한 눈동자를 굴리며 다리 쪽을 주시하고 있었다.

그늘 사이에 몸을 숨기며 다리 가까이에 다가선 달출과 평세는 두려움에 몸이 덜덜 떨렸다. 달출이 달려가려는 걸 평세가 붙잡았다. 다리 입구 쪽에 십수 명이 손발이 묶인 채로 다리 난간에 매여 있었다. 그중에 아는 사람이 있었다.

"아이고, 청주 형님 아녀? 의원도 못 만났구먼!"

지진이 발생한 순간 쓰러진 굴삭기에 크게 다친 청주 형님과 그를 부축했던 이들이 묶여 있었다.

"아픈 사람까지 저리 묶어두면 어쩐댜!"

눈물이 핑 돌았다. 아무리 조선인이 싫어도 그렇지 너무한 것 아닌가? 지진과 화재에 터전을 다 잃었어도 그렇지 도대체 애먼 이들에게 왜들 저러나? 빨리만 움직이면 의원을 만날 거라 믿었는데 이제 뭘 어떡해야 하나? 당장 가서 결박을 풀어 형님을 업고 의원을 찾아가고 싶었다. 평세가 달출의 팔을 꽉 잡고 고개를 저었다.

─봤잖아요. 아무도 없어요. 조선인을 진료해줄 의원은 여기엔 없다고요.

아프도록 자신의 팔을 붙잡고 있는 평세의 눈을 보며 달출도 오늘 봤던 풍경을 천천히 떠올렸다. 그리고 달출은 각오한 듯 평세에게 말했다.

"자, 이 다리로 형님들을 가까이 오지 못하게 하면 되는 것이지. 그러고 나서 도망가면 되는 것이제?"

평세는 천천히 고개를 끄덕였다. 살기로 한 일이다. 억울하지 않도록 함께 살아남기로 하는 일이다.

다리 위에선 예지에서 봤던 것처럼 일본인 남자들이 무기를 들고 다리를 지키고 있었다. 평세에게 그들의 말이 들렸다.

"짐을 검사받아야 지나갈 수 있다."

주민들은 피난민들을 닥치는 대로 수색했다. 통행하는 모든 사람을 아예 잠재적인 폭도로 생각하는 듯했다. 자신들에게 복종하는 사람만을 통과시키겠다는 식이었다. 항의하는 사람이 나타나면 싸움이 벌어졌고 소란은 항의한 사람이 일으킨 것이 되었다.

"너, 신흥 종교지?"

"아까 얼쩡거리던데, 어디 사람이지?"

평세는 사람들의 표정을 살폈다. 무기를 들었지만 그들도 불안하기는 마찬가지였다. 두렵다고 해서 무기를 겨누는 일을 옳다 할 순 없었다. 그들의 무기는 분명

특정한 이들을 선택적으로 향하고 있었다.

"너 이 새끼, 네가 우리 딸들을 강간하고 다닌 거지!"

"조선인이 밭에서 작물 훔쳐 가고 상점 약탈하고 강간하는 거 본 사람이 수두룩해!"

평소 조선인들을 향해 예비 범죄자이고 불량배라고, 언제든 폭동을 일으킬 위험이 있는 자들이라 말하는 사람들이 많았다. 하지만 오늘 조선인에 대한 적의의 양상은 평소와도 사뭇 달랐다. 복구 작업에 대한 희망이 옅어질수록 분노가 적의로 변해 급격히 타올랐다.

"폭탄이 터지고 있어. 몰래 제조해 들고 다닌다잖아."

"우리 총리대신[10]을 암살한 녀석들이었으니까."

"기헤이라던가? 의병단이래요. 3·1폭동[11]을 아직도 일으키는 애들이잖아."

평세는 그 모든 말이 올곧이 조선인을 향하고 있음을 짐작했다.

일본 신문은 조선의 농민운동과 의병운동, 독립운동을 제대로 보도한 적이 없었다. 일본인들은 조선인을 단순히 식민지 출신 정도가 아니라 곧 테러를 일으킬 위협적 존재로 여기고 있었다. 어렴풋이 일제 식민지배가 성공적이지 않다는 분위기도 일본인들 사이에 퍼지고 있었다.

그 순간 다리 반대쪽인 가츠시카 쪽에서 큰 소리가 나기 시작했다.

"조센징이 도망간다! 잡아! 저기!"

"이럴 줄 알았어. 뭔가 숨길 게 있으니 도망가는 것 아니야!"

주민들이 다리 반대편으로 향하자 때를 노리던 달출이 달려나가며 외쳤다.

"성아, 지금이다!"

평세도 주변을 경계하며 달렸다.

"형님, 형님! 정신 차리시오!"

달출이 결박을 풀었다.

"청주 형님!"

그러나 그는 움직이지 못했다. 출혈이 너무 심했다. 그는 이미 싸늘하게 굳어 있었다. 죽어가는 사람을 결박해 목숨이 끊어지도록 묶어둔 거다. 달출이 치솟는 감정을 억누르며 재빠르게 주변 사람들의 묶인 손발을 풀었다. 평세가 달출의 일을 대신하며 주변을 향해 손가락을 가리켰다. 도망치라고 말하려면 이 순간뿐이었다. 그리고 자신에겐 목소리가 없었다.

─달출 형, 형님이 소리치시오!

평세의 의도를 이해하고 달출이 몸을 일으켰다.

"형님들, 도망치시오!"

달출은 울부짖었다.

"가만히 있으면 안 돼요! 다 함께 힘껏 도망쳐요!"

결박이 풀린 자들이 흩어졌다. 몇몇은 강물에 뛰어들었다. 다리 건너편에서 멀리 함성이 들려왔고 첨벙거리는 소리가 들렸다. 허우적거리는 소리 없이 조용하면 다음 장면은 뻔했다. 죽어서 강물에 던져졌거나, 강물에 던져진 후 살아 나오지 못했거나.

달출은 피난민들 사이에 숨어 있을 형님들을 향해서도 외쳤다.

"여그 오지 마시오! 형님들 힘껏 도망치시오! 살아서 만납시다!"

등 뒤에서 둔탁한 무기가 날아오는 듯 서늘함을 느

긴 순간, 퍽 소리가 났고 누군가 쓰러지는 소리가 났
다. 뒤를 돌아보니 파출소 앞에서 봤던 경찰 교쿠지츠
였다. 돌에 정통으로 이마를 찍힌 채 쓰러져 기절해
있었다. 쓰러진 이가 경찰인 것을 보고 누가 자기를 구
한 줄도 모르는 채 달출은 달리기 시작했다.

달리는 걸음이 무거웠다. 지금이라도 다리 반대편으
로 가서 다른 이에게도 도망치라고 외쳐야 할까. 평세
가 달출의 팔을 꽉 잡았다. 요츠기바시 다리는 마을의
주요한 거점이고 통행로였다. 달출의 말이 아니더라도
많은 사람이 모였을 거였다. 그늘에 몸을 숨긴 뒤 두
사람은 다리에서 벌어지는 일을 지켜봤다.

사람이 수없이 쓰러졌다. 쓰러진 이들은 모조리 조
선인이었다. 무기를 든 일본인 그림자가 끊임없이 조선
인을 살육해 강 아래로 떨어뜨렸다. 현장에서 함께 웃
고 떠들던 형님 중 하나일 거였다. 여기까지 와서 만난
것도 인연이라며 이제껏 가족처럼 지내던 사람이었다.

다리 아래로 흐르는 강물이 핏물처럼 붉었다.

정신없이 달리다 조용해진 골목 건물 잔해 아래에 이

르러 달출은 주저앉았다. 눈물도 흐르지 않았다. 끓어
오르는 감정을 추스르며 어디로 가야 할지 생각했다.

백정들도 어깨 펴고 다니는 세상을 만나길, 식민지
청년들도 세상을 멀리 경험하고 돌아오길 바랐다. 이
토록 비참하게 죽는 세상을 꿈꾼 적은 없었다. 그제야
그 옛날 아버지가 했던 말이 떠올랐다.

"그때 얼굴을 알아볼 수 없을 정도로 훼손된 시신을
모아 마을 서낭당에 모셨다. 하늘님이 되시라고 기도
했다. 그동안 우리 마을을 지켜주던 신은 하늘에서 온
이가 아니더라. 대대로 마을에서 가장 처참하게 당한
사람이더라."

아버지는 나주를 초토화한 일본인들이 훈련받은 군
인들로는 보이지 않았다고 말했다. 자기네 나라에서도
궁핍한 형편이라 외국의 전쟁터로 끌려 나온 것 같았
다고, 곤궁해 보이는 나이 많은 사람들이 대부분이었
다고. 일본인 민간인들이 조선 호남의 민간인들을 섬
멸했다고…….

뒤따라 달려온 평세는 떨리는 손으로 달출의 팔을

붙잡았다. 그 순간 평세의 눈이 커졌다. 달출의 마지막 순간이 바뀌고 있었다.

달출은 요츠기바시 다리가 아닌 다른 곳에 있었다. 평세는 눈을 감고 달출의 미래를 천천히 살펴보았다. 따뜻해 보이는 곳이었다. 햇빛이 잘 드는 깨끗한 실내였다. 본 적 없는 물품으로 가득한 곳이었다. 신기한 네모난 상자 속에서 작은 사람들이 계속 움직이고 있었다. 상자 속에서 누가 '88올림픽'이라 외쳐서 이때가 몇 년도쯤인지 예상할 수 있었다.

달출의 하얀 머리를 어린아이처럼 부드럽게 쓰다듬는 정겨운 손이 보였다. 온화한 표정으로 달출의 주름진 손을 잡고 인사하는 사람들이 달출을 둘러싸고 있었다. 사랑한다고 잘 가라는 인사를 건네고 있었다. 달출은 살아남아 포근한 노후를 보냈다. 요츠기바시 다리를 피한 순간, 그의 마지막 임종이, 그가 맞을 미래가 새로 태어났다.

평세의 뜨거운 눈물을 알아채지 못하고 달출은 평세의 어깨에 머리를 기대고 있었다. 두 사람은 서로에게 의지하며 움직이기 시작했다. 어디로 가야 할지, 누굴 만나야 할지 알 수 없었다. 서로를 제외하곤 다른 의지할 사람도 없었다. 자신들의 이름과 업무 기록이 회사에 잘 남아 있을지, 사라졌다고 우리를 찾아낼 사람들이 있을지 아무것도 알 수 없었다. 지금 여기서 사라진대도 아무도 모를 터였다. 몰라서 울 수도 없을 터였다. 안전한 곳을 찾은 뒤 태안이를 만나러 가야 했다.

달출은 부모님께만은 잘 지내고 있다는 한마디를 전하고 싶었다. 오늘 봤던 잔인한 이야기는 못 본 척 감추고 태연하게 말하고 싶었다. 어디나 사람 사는 데는 다 똑같더라고, 어머니가 말버릇처럼 하던 이야기를 자신도 하고 싶었다. 근데 어머니, 사람을 벌레처럼 죽이는 것도 어디서든 똑같이 일어나는 일일까요?

*

희뿌연 연기가 자욱해 낮인지 밤인지 잘 구분되지 않았다. 무거운 분진과 함께 사방에 불안이 짙게 드리웠다. 지진과 화재만 잦아들면 모두의 마음도 차분해지리라 생각했다. 하지만 달출과 평세가 마주한 상황은 정반대였다.

"여진이다!"

빈혈 때문에 어지러움을 느낀 자가 놀라 소리라도 지르면 집단적 공황이 엄습했다. 조금이라도 더 높은 곳으로 오르려 하는 사람들이 길목 여기저기에 엉켰다. 그래도 착각과 착시였다는 걸 지각하면 일시적 혼돈은 잦아들겠지만 잠잠해지지 않는 기괴한 열기가 내내 끓어오르는 것이 더 큰 문제였다.

전기가 끊긴 밤, 무너진 집을 떠나 피신한 이들이 어둠 속에서 낯선 타인의 눈빛을 마주하는 건 그 자체로 공포였다. 전깃불에 익숙했고 노면 전차로 통근했던 그즈음 도쿄 주민들은 갑작스럽게 일상이 비문명 속에 놓이자 그 자체로 속수무책이었다. 이재민들이 모인 한밤의 공터는 암흑 속이었고 안광만 빛내는 이들을 이웃으로 느끼긴 어려웠다. 어떤 이는 어둠을 향해 무턱대고 욕을 했다. 장대로 덤불을 쑤시던 한 남자가 소리쳤다.

"조센징! 센징이 여기 숨었다!"

그는 근거도 없이 그림자를 향해 조선인을 언급했다.

"나와! 거기 숨는 걸 내가 다 봤어!"

다른 이들은 갈피 없는 그의 착오를 공포의 근거로 여겼다. 평소에도 공동체 의식을 크게 품지 않았던 도시 사람들은 불안을 공유하며 일체감을 확인했다.

지진이 발생한 9월 1일 당일, 경찰이 주도해 유언비어를 공식적으로 확산시키기 전부터도 조선인을 공격하는 이들은 여기저기서 목격되기 시작했다. 2일에는 더 조직화되어 간토 지역에서 1,593개의 자경단이 일제히 활동을 개시했다.

민 호 와
다 카 야 의
두 번째 루프

요츠기바시 다리를 바라보며 민호는 잠시 작전을 고민했다. 낮에 파출소 앞에서 탈출을 위협하려던 경찰을 저지했고 세 청년을 피난시키려 했지만 고집 센 두 사람은 결국 다른 사람들에게 위험을 알리겠다면서 다리까지 왔다. 오는 길에 민호는 검문에 걸려 결박당하기도 했지만 아슬아슬하게 피했다. 테이저건을 줄곧 손에 쥐고 있다가 제때 잘 활용할 수 있었던 게 천만다행이었다.

학살 피해자로 이름이 기록된 마달출과 미야와키를 관찰하는 것만이 아니라 구할 수도 있을까? 이들을 안전한 곳으로 피난시키는 일 이상으로 해볼 수 있는 일은 없을까? 민호는 현장에 도착한 직후, 전부터 고민했던 전략을 하나 더 시도해보려 했다. 다만 조심해야 했다. 오늘 밤 군중 속으로 자신이 전면에 나서면 상황이 더 악화될 거였다. 조선인이 소요 사태를 일으켰다는 사람들의 확증 편향을 더 강화할 수도 있다. 민호는 마음대로 움직이기가 어려웠다.

"근데 다카야는 어디로 간 거야?"

카타콤베에서 이곳으로 이동한 뒤부터 다카야는 보이지 않았다. 겁을 잔뜩 먹고 어디에 숨은 모양이었다. 일본인인 다카야가 움직이는 것이 자신보다는 나을 터였다. 하지만 그것도 최선은 아니었다. 다카야도 여기 사람들에겐 낯설게 보이긴 매한가지일 거였다. 민호는 다카야 생각을 떨쳐버렸다. 이 임무의 목적은 다카야가 아니었다. 그와 생사를 함께할 이유도 없었다.

'올 때가 됐는데……'

다리 입구 근처를 서성이며 그림자 속에서 민호가

목을 길게 빼고 그를 기다렸다.

　조금 떨어진 곳에서 다리 위 상황을 지켜보고 있던 다카야는 머릿속이 복잡했다. 두 번째로 이곳에 온 것을 민호는 전혀 기억하지 못했다. 그 사이 자신은 이곳에 남아 꼬박 100년을 살았고 죽은 후엔 드디어 천국에 가나 했더니 또 이곳으로 돌아왔다. 악몽이었다. 카타콤베로 회귀한 순간에 필사적으로 벗어나려 했지만 결국 도망치지 못했다. 어떻게 해야 이 루프를 끝낼 수 있을지는 자신이 아니라 위원회가 알려주어야 했다. 자신이 감당할 수 있는 문제가 아니었다.

　다카야는 지난 100년간의 역사를 모두 보았다. 여러 사람을 다양하게 지켜봤다. 추도비가 생겼고 학살에 가담했던 사람들은 국가가 주도한 은폐 속에서 안전했다. 사건을 기억하려는 사람도 있었고 최대한 없던 일로 만들려는 사람도 있었다. 긴 시간을 겪었지만 다카야는 여전히 자신이 뭘 해야 할지 도통 몰랐다. 처음과 다를 바 없이 과거는 무간지옥이었다.

민호는 도착하자마자 이전에 봤던 추모비를 하나 떠올렸다. 조선인을 숨겨준 일본인 덕분에 선조가 살아남았다는 감사비였다. 거기에는 이름과 장소가 특정되어 있었다. 시로히게바시 가까운 곳에 사는 철공소 공장장, 서른 살 기누타 씨. 민호는 낮에 그를 찾아가 도움을 청했다.

"누구시죠?"

"저는 싱크로놀로지 위원회에서 온, 아니, 중앙의 내무성 사회국에서 파견되어 온 사람입니다. 저 혼자만 먼저 도착한 참이라 손이 모자랍니다. 여러분의 지원을 요청드립니다."

"무슨 일이죠?"

"오늘 밤부터 대규모 학살이 일어날 겁니다."

기누타는 깊은 한숨과 함께 가슴을 부여잡았다. 무슨 헛소리냐고 수상하게 여기지도 않았다. 예상한 일이라는 기색이었다. 민호는 연구 중에 읽은 기누타의 일화를 떠올리며 그를 설득했다.

"철공소 공장장이시지요? 출신 구분하지 않고 중국인 조선인 동료들도 동등하게 대했다고 들었어요. 같이 일하는 사람들이 다치지 않도록 언제나 철야까지 하면서 공장의 안전을 챙겼다지요. 당신 같은 사람이 지금 나서주셔야 합니다. 재난을 조선인이나 중국인 탓으로 여기는 어리석은 일이 또 있겠습니까. 지금 증오가 들불처럼 퍼지고 있어요. 이곳 주민들을 설득해서 힘을 모아 막아주세요."

민호가 앞장서 흥분한 마을 사람들을 설득하는 건 불가능했다. 하지만 기누타 씨처럼 양심적이고 덕망이 있는 마을 주민이라면 다른 이들의 마음을 돌릴 수 있을 거였다. 광폭과 환란의 때일수록 묵묵히 시대를 걱정하는 선량한 사람들의 마음을 하나로 모아야 했다. 양심 있는 사람이 목소리를 내야 한다. 민호는 그것이 학살의 역사를 끝내고 새로운 역사를 쓸 수 있는 길이라고 믿었다. 원래 있었던 가능성을 증폭시키는 일, 그것이 자신의 역할이라고 생각했다.

민호는 기누타에게 도움을 청했고 최대한 사람들을 모아 요츠기바시 다리에서 늦지 않게 만나자고 당부했다. 기누타는 심각한 얼굴로 민호를 배웅했다. 민호는 기누타 외에도 몇 명의 잘 알려진 선한 일본인들을 만나고 다녔다. 다 같이 모여서 한꺼번에 목소리를 내야 했다. 두려움 때문에 어리석은 행동에 나서는 일부 무지몽매한 이들의 폭주를 막아내야 했다. 이번에야말로 막을 수 있을 거였다.

자정이 가까워져오고 있었고 민호는 서성거렸다. 밤이 깊어오자 다리 반대쪽에서 큰 함성이 들렸다. 다리는 약 250미터 길이였고, 잘 보이진 않지만 흥분한 주민들이 광란의 학살을 시작하고 있었다. 주기적으로 총성도 들려왔다.

그때 김평세와 마달출이 요츠기바시 입구 쪽에 구속되어 있는 조선인 10여 명의 결박을 풀어주고 도망치기 시작했다. 아슬아슬했다. 이들에게 달려드는 자들이 있었고 달출의 뒤를 노리는 경찰도 있었다. 낮에 자신이 저지한 경부였다. 이를 알아보고 민호는 재빨리 달려나가 교쿠지츠를 쓰러뜨렸다. 민호의 엄호를 모르는 채 조선인들이 흩어졌다. 결박이 풀린 한 사람은 쓰러진 채 움직이지 않았다. 이미 죽은 듯했다. 김평세와 마달출이 무사히 이동한 것을 보고 민호가 한숨 돌렸다.

함성이 점점 거세게 올라가는 와중인데 아무도 모습을 보이지 않았다. 민호는 초조했다. 기누타는 안 오는 걸까?

민호는 유학생으로 일본 근현대사를 공부했다. 여러 사건 중에서도 1923년에 일어난 학살에 민호는 줄곧 마음이 갔다. 평범한 사람이 평범한 사람을 죽였다. 약자가 약자를 착취하고 공권력이 이를 독려하며 끝내 덮어버린 사건. 전례 없이 공문서가 없는 사건이었다. 제국주의적 폭력이 모두의 일상으로 내려와 공공연해 졌으나 악행은 처벌받지 않았다.

그래도 민호는 믿어보고 싶었다. 일본인이라 악마가 된 것은 아니다. 인간다움을 포기하지 않는 일본인도 있다. 알고 보면 많을 것이다. 민호는 오늘이야말로 그런 이들에게 기대를 걸고 싶었다.

한참 기다렸지만 결국 아무도 오지 않을 모양이었다.

'역시나……'

민호는 좌절했다. 일본인은 자기 입장을 잘 드러내지 않는다. 민호도 잘 알고 있었다. 민호가 어깨를 늘어뜨리며 돌아서려던 순간이었다.

"저기 있구먼. 내무성 청년. 우리 왔네."

기누타가 민망한 표정을 지으며 다가왔다.

"아는 사람들에게 연락했는데 별로 못 모았네. 가족들 간병하느라 다들 지금 움직일 수가 없어서……."

기누타가 함께 온 사람들을 가리키며 말했다. 기누타를 포함해 네 명이 있었다. 민호는 가슴이 뿌듯해졌다. 함께 온 이들이 한숨을 쉬었다.

"자치회장보다도 자칭 장로니 오른팔이니 하는 이들의 입김이 더 셀 텐데. 우리 얘기는 귓등으로도 안 들을 걸세."

기누타는 낮에 주민들과 함께 화재 진압을 위해 뛰었다. 저녁엔 순찰을 돌았고 흥분해서 아무나 폭행하는 지역 주민을 보고는 혀를 차며 집으로 돌아갔다. 자경단은 순찰이 아니라 집단으로 행패를 부리고 있었다. 그중에서도 특히 흥분한 한두 사람은 금세라도 폭력을 쓸 것 같았다. 화재가 진압되고 며칠 뒤 혼란이 그치면 서로 얼굴 보고 살기도 껄끄러워질 게 걱정이었다.

"그래도 한번 가보자고. 침착하라고 말해야지. 이게

마을 사람들 더 불안하게 할 거라고 차분히 설득해보
자고. 다들 흥분한 상태니 조심하고."

네 사람을 보며 민호는 기뻤다. 세상 모든 이가 정의
롭지는 못하더라도 한두 사람만이라도 목소리를 낼
수 있다면 조금씩 나아질 거라는 기대를 버리지 않을
수 있었다.

"다리 반대편에서 무차별 폭행이 일어나고 있습니
다. 같이 가보시죠."

민호가 가리키는 방향을 향해 기누타와 동행인 세
사람이 앞장섰다. 믿음직스러운 사람들의 그림자를 따
라가며 민호도 용기가 났다.

기누타와 일행이 무기를 든 사람들 앞으로 걸어나갔
다. 위험한 현장에 용기 있는 지인들을 세 사람이나 데
리고 오다니. 민호는 이런 때 자신이라면 데리고 올 친
구가 있을지 생각했다. 민망하게도 별로 떠오르지 않
았다.

파국의 연쇄를 끊어내는 건 선의의 연쇄뿐이다. 세
사람이 아니라 서른 사람을 데리고 왔다면 더욱 좋았
겠지만 어쩔 수 없다. 오늘 밤에 마을 사람들을 설득

해 서른 사람으로 늘리는 수밖에.

민호의 마음은 점점 차분해지고 있었지만 그와 반대로 요츠기바시 다리 위에선 불안과 광분이 빚어내는 열기가 좀처럼 식지 않았다.

기누타가 자경단 앞에서 엄한 목소리로 말했다.

"그만들 합시다. 소지품 다 뒤져봤고 아무것도 안 나왔다면서요."

기누타와 함께 온 동료도 결박된 조선인들을 가리키며 말했다.

"이 사람들 우리 공장에서 일하는 청년들이에요. 착하고 성실한 젊은이들입니다. 폭도 같은 거 아니에요. 말도 잘 안 통해서 오늘 어디에 가야 구호품 받을 수 있는지도 모르는 사람들인데 불쌍하지도 않습니까?"

다른 주민도 목소리를 높였다. 선의와 도덕과 양심이 연달아 분출하기 시작했다.

"치안을 명목으로 사람을 막 죽이면 어떻게 되겠어요? 다들 이재민들 얼굴을 좀 봐요. 모두 겁먹었어요. 이래서야 이 재난이 수습된 다음에는 어떻게 같이 얼굴 보고 살아갑니까?"

"얼른 다 보내주고 우리는 다른 주민들 돕는 일을 합시다. 지금 다친 사람도 많고 이게 아니어도 할 일이……."

화재 연기로 자욱한 밤하늘, 달빛도 없는 허공에 날카로운 빛이 번쩍였다. 민호가 테이저건에 손을 댄 순간 눈앞의 풍경이 정지한 것 같았다. 엽총 소리가 울려 퍼졌다. 자경단 앞에 나섰던 기누타와 주민 셋, 그리고 민호가 한꺼번에 쓰러졌다. 자경단 대원들이 말했다.

"이자가 그거지? 5년 전 쌀 폭동 때도 앞장섰던, 말만 많던 그이. 맞지?"

"이자들과 조선인들은 원래부터 한패야. 공장에서도 친하게 어울리는 거, 내가 다 봤어."

"외지인 범죄자들과 이를 비호하는 놈들이 우리 나라를 뒤흔드는 걸 그냥 지켜볼 수 없지."

천천히 눈을 감으며 민호는 비로소 알아챘다. 앞장섰던 기누타 씨와 동료들의 손에는 아무런 무기가 없었다. 오직 선의로만 무장했을 뿐이었는데 모두 이 다리 위에 쓰러졌다. 아무리 옳아도, 아무리 선해도, 죽음을 피하지 못했다. 무고한 조선인도, 무죄한 일본인도. 자경단원들이 시체를 다리 아래로 던지며 대화했다.

"우리가 폭도들을 제압한 걸 보면 내일 경찰들이랑 군이 와서 보고 고마워할걸."

"교쿠지츠 부장한테는 내가 잘 말해둘게. 노동조합 운동하던 사람이란 걸 말해주면 교쿠지츠도 좋아할 거야. 노동운동 하던 애들 색출하려고 경찰들도 전부터 눈이 빨갰거든."

주민들이 땀을 닦으며 말했다. 총구멍이 난 채로 다리 아래로 내던진 시체가 산을 이루고 있었다. 민호와 주민들의 시체도 그 위에 포개졌다.

다카야는 이를 지켜보다 뒷걸음질을 쳤다. 요츠기바시 다리에서 사람들이 계속 쓰러졌다. 다카야는 강 아래로 떨어진 뒤 올라오지 못하는 몸을 손으로 꼽기 시작했다.

하나 둘 셋…… 열넷 열다섯 열여섯…… 스물여덟 스물아홉…… 서른 마흔이 넘어가자 숫자 세는 걸 멈췄다. 조선인, 중국인, 외부인, 노동운동가, 그리고 자경단원들과 다른 의견을 말하는 평범한 주민들까지.

속속 쓰러졌다. 수십, 아니 수백 구의 시체가 강을 붉게 뒤덮고 있었다.

다카야는 민호의 죽음을 목격한 뒤 전속력을 다해 도망치기 시작했다. 이번에도 계속 여기 남아 살게 되는 건가? 악행이 통제되기는커녕 은폐되고 장려되는 곳에서 또 살아가야 한다. 다카야는 일본을 떠나야겠다고 결심했다. 다른 나라에 가서 절대로 돌아오지 않을 작정이었다. 지긋지긋했다. 다카야는 환멸을 느꼈다. 육중한 것이 강물로 추락하는 소리가 좀처럼 멀어지지 않아 다카야는 들리는 소리를 쫓으려 비명을 질렀다. 저도 모르게 연달아 자기 귓가를 때려 고막이 터질 것 같았다. 제정신으로 버티기 어려웠다.

민호는 카타콤베가 있는 언덕에서 다시 눈을 떴다. 기억을 모두 잃은 채로.

한편 다카야는 도쿄 인근에서 숨을 죽이고 일주일 동안 동굴에 숨었다가 살아남았다. 다카야는 모을 수 있는 돈을 긁어모아 브라질로 이민해 일찍 정착한 뒤 부동산 재벌이 되었다. 이번 생에서는 경제적으로 큰 성공을 거뒀다. 도래할 사건들에 대해 익히 알고 있었다. 학살과는 최대한 무관하게 살았다. 독점한 정보를 최대한 활용해 부를 일궈냈다. 지나간 일들에 발목 잡혀 살고 싶지 않았다. 혼자 자기 삶을 제대로 사는 일도 버거웠다. 자신이 아무것도 아니라고 생각하니 성공도 따라왔다. 시대의 부품이 되는 일을 이해해야 제대로 된 부품이 되는 거였다.

다카야는 두 번째 생에서도 말년에 폐암을 얻었다. 죽지 못하는 신세로 죽음과 같은 생을 이어가다 두 번째 100년의 끝이 다가올 즈음 다시 카타콤베에서 눈을 떴다. 200년을 지나며 또 한 번의 시간 루프가 다카야에게 형벌처럼 반복되고 있었다.

3부

우물물을 뜨기 위해 집을 나섰던 사요는 주변에서 심상치 않은 분위기를 감지했다. 임신 5개월에 접어든 참이라 점점 무거워지는 배를 한 손으로 받치고 최대한 서두르는 티를 내지 않으면서 걸음을 재촉해 집으로 돌아왔다. 오늘 중으로 움직여야겠다고 사요는 예민하게 직감했다.

집 앞에 거의 도착했을 때 푸드덕대는 큰 소리에 놀라 사요는 하늘을 올려다보았다. 한 방향으로 날아가는 비둘기 떼가 보였다. 여진이 다시 덮치나 싶어서 심장이 덜컥 내려앉았고 반사적으로 배를 감싸며 몸을 숙였다. 잠시 기다렸지만 여진은 아닌 듯했다. 하지만 기묘하게도 비둘기들은 일사불란하게 한 방향으로 날아가고 있었다.

비둘기 무리의 움직임을 보며 사요는 문득 얼마 전 일이 떠올랐다. 돼지가죽을 납품받으러 가던 길이었다. 근처 육군 부대 군인들이 비둘기가 가득 든 나무 궤짝을 들고 논 옆을 지나가고 있었다. 농사일에 땀 흘리던 사람들이 부대원들을 비웃듯 물었다.

"새를 쫓는 것도 아니고 도대체 무얼 하는 거요?"

주민들의 반응에 한 군인이 왈칵 성을 냈다가 상관이 저지하자 입을 닫았다. 한 농부가 친척이 군에 있다며 자신이 들은 이야기를 속삭였다. 군 정보를 전달하는 통신 수단으로 비둘기들을 훈련하고 있다는 거였다.

"전서구라고 부르는 군사 연락 전술이래요."

그의 친척은 프랑스나 독일, 이탈리아 같은 나라에서는 이미 수십 년 전에 도입된 기술인데, 이제 일본도

이 기술을 도입하게 됐다며 자랑스러워하더란 거였다. 농부들은 그 말을 듣고 또 웃었다.

"군부대엔 사람이 그렇게 없나. 비둘기까지 용병으로 써야 하나 보구먼."

"연락을 전달하게 한다잖나. 농번기에 우리가 좀 빌리면 좋겠구려. 비둘기들 시켜 참새들한테 우리 논엔 좀 오지 말라고 말 좀 전달해주면 좋겠는데."

사람들과 함께 사요도 웃었다. 그때 봤던 그 비둘기들도 군을 위해 움직이고 있음을 사요는 알아챘다.

통신과 교통수단이 완전히 마비된 순간, 육군이 훈련 중이던 전서구 부대는 1923년에 처음으로 실전에 투입되었다. 많이 날려 보낸 비둘기 중 단 한 마리만이 훈련했던 지역으로 도착하더라도 메시지 전달에 성공했다고 판단하였기에 도입과 동시에 90퍼센트 이상의 성공률을 자랑했다. 통신과 교통이 마비된 순간에도 계획적인 유언비어를 퍼트릴 확실한 공식 수단은 있던 것이다.

같은 시각, 미야와키는 평소처럼 단정히 옷을 입고 짐을 깔끔히 정리해 문 앞에 두고 사요의 창고를 나섰다. 물품을 몇 개 더 구한 뒤 이곳을 떠날 생각이었다.

외딴 마을을 찾아다녔던 터라 미야와키는 인적이 드문 지름길도 속속들이 잘 알았다. 동네에 오래 머문 사람들에게 길을 가르쳐준 적도 있었다. 그러나 미야와키는 그날 동네 사람들이 손에 들고 있던 공고에 대해선 전혀 몰랐다. 자신과 똑같은 모습을 한 그림이 그려진 종이가 있었다. 그림 아래에는 위와 같은 변장을 한 낯선 이를 조심하라는 무서운 글귀가 담담하게 적혀 있었다.

"안, 안주인, 다……다녀오겠……습니다."

창고 앞에서 미야와키가 사요에게 더듬는 말투로 인사했다. 사요는 조심하라고 의례적인 인사를 하다가 잠시 뒤를 돌아 미야와키의 뒷모습을 바라보았다.

'힘도 센 장정이니 괜찮겠지……'

괜히 걱정스러웠다. 무기가 없다는 이유로 걱정해야 하다니. 엊그제 발생한 지진이 건물이나 땅만이 아니라 눈에 보이지 않는 중요한 것들을 다 무너뜨린 것만 같아 사요는 몸을 떨었다.

*

달출과 평세는 최대한 숨을 죽여가며 이동했다. 지나치는 마을마다 분위기가 흉흉했다. 폐허 속에서 일본인들은 누군가를 살리는 일보다 죽이는 일에 더 분주해 보였다. 이제는 다른 형님들은 잘 도망갔을지, 태안은 무사할지 걱정하는 순간조차 사치로 느껴졌다. 살아서 다시 만날 수나 있을까. 점점 암담해지기 시작했다.

3일, 경찰국장은 조선인 방화를 기정사실로 발표했다. 나쁜 조선인을 조심하라는 경고가 내려왔고, 주민들 사이에선 선별이 불가능하니 낯선 이들을 모두 수색해 심문하는 방식으로 실천되기 시작했다.

달출은 줄곧 누군가에게 쫓기는 기분이었다. 중간에 쉴 곳을 찾아도, 또는 어딘가에 도착하게 되더라도 또 쫓기지 않으리란 보장도 없었다. 두 사람은 목적지도 없이 식수를 얻을 수 있는 안전한 곳을 찾아 하염없이 배회하고 있었다. 여기저기서 함성이 들려올 때면 그림자 속에 몸을 피하고 숨죽였다. 자꾸만 청주 형님과 태안의 비명인 것만 같아 달출은 덜덜 떨렸다.

—형님, 정신 차려요. 청주 형님은 죽었어요. 태안이
는 안전한 곳에 있고요.

이틀째 헤매고 있었다. 피로와 졸음에 까무룩 정신
을 놓칠 때마다 평세가 달출을 흔들어 깨웠다. 흥분과
긴장을 몸이 버티는 데에도 한계가 있었다. 평세는 오
히려 침착했다. 성이 자식, 너 정말 강한 놈이구나. 달
출은 평세에게 마음을 기댔다.

분진 속에서 날카로운 무기를 쥔 사람들이 뛰어다녔
다. 논이나 밭, 공장에서 일하며 사용했던 도구를 무기
로 바꿔 들자 농부와 노동자, 평범한 사람들의 얼굴이
달라 보였다. 평세가 빈손을 의식하며 무너진 건물 잔
재에서 각목을 하나 집어 들었다. 동의를 구하듯 달출
의 눈앞에 각목을 들어 보였다.

—형님, 우리도 무기를 들까요?

평세의 눈빛을 보던 달출이 슬쩍 각목을 빼앗아 바
닥에 던졌다.

"하이고, 고거 들고선 움직이기가 더 어렵겠구먼."

최대한 작은 목소리로 말하곤 달출은 평세를 향해

살짝 웃어 보였다.

　―니는 눈이 이리 순해 보여서 고런 걸로는 무섭지도 않당께. 말을 안 해도 니 마음은 이렇게 잘 들리장께. 다른 이들도 니를 잘 알아볼 거시다.

　일부러 나쁜 마음만 먹지 않는다면 다 알아볼 거다…… . 달출도 마음으로 말했다.

　목적지가 없는 길일지언정 동생과 마음껏 수다라도 떨 수 있다면, 평소 마음에 쌓아둔 말이라도 풀 수 있다면 덜 지쳤을 텐데. 위로할 말조차 건네지 못하니 더 고단했다.

　얼마나 걸었을까? 인기척을 피하며 다른 피난민들과 거리를 두고 있었다. 그 바람에 지진 피해가 적은 곳으로 이동하고 있다는 확신은 없었다. 아라카와강을 건너지 못하고 주위를 빙글빙글 돌고 있는 듯했다. 다소 지대가 낮고 소규모 공장들이 밀집한 곳으로 들어섰다. 전에 와본 적은 없지만 평소에도 사람들이 피해 다니는 곳이라는 것은 두 사람도 잘 알았다. 고된 일을 하는 사람들의 노동 현장이자 삶터였다.

　"여그 동네 사람들도 우리처럼 궂은일 하는 사람들

이니……."

평세를 다독일 말을 꺼내려던 달출이 갑자기 입을 다물었다. 어디선가 일본어가 들려왔다. 누군가 자기 목을 꽉 조르는 것처럼 성대가 쪼그라들었다. 조선말을 해서는 안 된다는 숨 막히는 느낌을 견디며 달출은 목소리를 삼켰다.

―형님, 이게 무슨 소리죠?

둘의 눈빛에 불안이 감돌았다. 가까운 곳에서 비명과 웃음소리, 노랫소리가 섞여 들려왔다. 여러 사람의 목소리였다. 평세와 달출은 자세를 낮추었다. 약간 떨어진 곳에 남자들의 등이 보였다. 아무렇게나 뒹굴고 있는 기계와 무너신 건물 잔해 사이에 두 사람은 몸을 숨겼다. 혹시 태안은 아닐까? 당장 도망쳐야 한다는 걸 직감하면서도 쉽게 발이 떨어지지 않았다.

예닐곱 명은 되어 보이는 남자들이 둥글게 원을 이루고 있었다. 그 안에서 한 남자가 울면서 노래를 부르고 있었다. 동요 같기도 하고 민요 같기도 하고 애국가 같기도 했다. 아는 노래를 죄다 부르는 듯했다. 무언가를 읊기도 했고 외치기도 했다. 그는 뜨문뜨문 말했고

심하게 더듬었다.

　그가 무엇을 증명하고 있는지는 알 수 없었지만 우
는 남자를 둘러싼 일본인들은 쉽게 보내주지 않겠다
는 듯 압박을 거두지 않았다.

　"어디서 말 못 하는 놈처럼 수작을 부리고 있어!"

　"일본인인 척해봐야 소용없다."

　태안은 아니었다. 원 안의 남자는 아무리 봐도 조선
인처럼 보이지 않았다. 심하게 말을 더듬는 것이 원래
습관인지 지병인지 모르겠지만 남자는 조선인들이 전
혀 모르는 노래나 구호도 잘 알고 있었다.

　달출은 저 원 안에 자신이 놓였더라도 똑같은 신세
였을 거라 느꼈다. 아니, 아는 일본 노래가 하나도 없
으니 즉각 처참한 꼴을 당했을 게 뻔했다.

　"아니, 일본인한테까지 왜 저런다?"

　달출은 작게 중얼거렸다. 조선인한테 도대체 왜 이
러냐고 묻고 싶은 것과 똑같은 마음이었다. 달출의 울
분을 알아챈 평세가 그의 팔을 붙잡았다. 달출은 팔이
덜덜 떨리고 있었다.

　달출은 고향의 저잣거리에서 백정 새끼, 백정 집안

아들놈이라며 괜한 야유를 받았던 순간이 겹쳐 떠올랐다. 그때 자신을 조롱하는 이들보다 자기 곁을 무심히 지나간 친구에게 더 서운했었다. 그를 벗이라 믿었기에 더욱 낙담했다. 아무리 세상이 바뀌었대도 백정은 자기와 다르다고 생각했구나, 싶어 서글펐다. 백정을 혐오하는 사람뿐 아니라 백정의 어려움을 외면하는 사람에게 달출은 똑같이 화가 났고 상처받았다. 세상이 어떻게 변하든 백정은 차별받아도 된다는 건가? 조선이 식민지가 되든 해방이 되든 백정 따위는 영원히 천민이라 여기는 사람들도 많았다. 그 일을 생각하니 달출은 가만있을 수 없었다.

'저이는 지금 얼마나 외로울까.'

남자는 줄곧 울면서 더듬더듬 노래를 불렀다.

사자……레 이……시노 이와토나……리테 고……
케노 무스마……데
(작은 돌이 모여 큰 돌이 되고 이끼가 생길 때까지)

그 노래가 기미가요인 줄도 몰랐고 가사의 뜻은 더

욱 알 수 없었지만 달출의 귀에 남자의 노래는 너무도 서글프게 들렸다. 아무리 자신이 일본인이라 주장해도 남자를 빙 둘러싼 사람들은 그를 믿질 않았다. 아니, 그의 말을 들으려고도 하지 않았다. 남자는 발길질을 당하면서도 웃으며 애원했다. 자신이 적이 아니라 친구라는 듯, 울면서도 웃고 있다는 듯. 억울함을 억누르며 억울하지 않다고 가장하는 것처럼 보였다.

달출은 그의 표정을 보며 그 억울함에 공감했다. 냉철하지 못하면 자칫 자멸할 수 있는 상황이었다. 하지만 늘 봐왔던 얼굴이 겹쳐 보이는 것만 같아서 평정심을 유지하기 어려웠다.

"백정 놈의 새끼가……!"

"조센징이……!"

조선에서도, 일본에 와서도 달출은 자신을 실컷 경멸하는 자들을 언제나 마주해야 했다. 허리를 굽혀야 할 때도 마음만은 굽히지 않겠다고 늘 다짐했었다. 고향에서도 그랬고 일본에서도 그랬다. 달출이 덜덜 떠는 다리로 나서려는 순간 평세가 허리를 꽉 붙잡았다.

─형님, 일본 사람이잖아요. 서로 말은 통할 겁니다.

"성아, 저게 말이 통하는 걸로 보이냐?"

─형님, 우리까지 개죽음당해요!

달출은 허망한 죽음을 '개죽음'이라고 부르는 게 싫었다. 개의 죽음도 가벼울 리 없다. 소, 말이나 돼지, 참새 새끼가 죽은 걸 봐도 그랬다. 바닥에 떨어진 돌을 보는 것과는 달랐다. 생명이 붙어 있는 것들은 죽음까지 무거웠다. 그러니 삶이 가벼울 리는 없었다. 아버지의 도축장에서 어머니가 아침마다 정성껏 기도를 올리던 모습을 달출은 묵직하게 마음에 담아두곤 했었다.

"성아, 저 사람은 일본 사람인데 왜 당허냐? 우리는 조선인이라, 식민지 출신이라, 그중에서도 돈 없고 권세 없는 놈들이라 당헌다지만 저이는 왜 당허냐? 죽어도 싸다고, 죽여야 한다고 불리는 놈들은 따로 있냐고."

둘러싼 장정들은 일곱 명, 상대가 안 될 거였다. 달출만은 꼭 살길 바랐던 평세는 어쩔 줄 몰랐다. 그의 허리를 꽉 붙잡고 있던 평세는 달출의 완고함에 힘이 살며시 약해졌다. 달출 형의 미래가 바뀌려 하고 있었다.

"성아, 내가 저 자리에 있었으면 벌써 죽었다. 조선인에 백정이고 말도 제대로 못하고, 노래도 글도 모르니께. 근데 그렇다고 죽는 건 너무하잖냐, 안 그냐?"

달출은 눈으로 수를 셌다. 일곱 명, 요츠기바시 다리 위에 있던 사람들에 비하면 훨씬 적은 숫자였다. 그리고 믿어보고 싶었다. 만약 이 길을 지나가던 저이가 원 안에 갇혀 있는 우리를 봤다면, 저이도 자신이었으면 똑같이 당했을 거라고 느꼈다면, 말리러 왔을 것이다. 만약 저이가 조선의 저잣거리를 지나가다 백정이어서 무시당하는 나를 봤다면 똑같이 화를 내진 않았을까. 나와 똑같이 억울해하진 않았을까. 만약 그와 내가 마음과 말과 눈빛이 조금 더 통했다면 더욱 그럴 것이다.

"성아, 우리가 저이를 구하자!"

달출은 끝내 평세의 손을 뿌리치고 달려나갔다. 지체할 수 없었다. 엊그제 화마와 잔해에 갇혀 바로 눈앞에서 숨을 거둔 여성이 떠올랐다. 그가 자신을 향해 뻗었을 손가락 끝이 눈앞에서 아른거렸다. 달출은 점점 잦아들던 비명을 기억했다. 일본어는 못 알아들 었지만 그건 누가 들어도 '제발 누가 나 좀 살려달라' 는 애원이었다. 조금만 일찍 그곳에 도착했다면 그이 도 살 수 있었을 거다. 이렇게 숨어야 하지 않았다면 가는 곳마다 내가 구했을 거다. 네놈들이 우리를 죽이 겠다고 이렇게 달려들지만 않았다면 다친 이재민을 더 많이 구했을 거다.

상처 입고 피 흘리는 사람들 국적 일일이 확인해서 일본인은 쏙 빼고 구했을 것 같으냐? 정말 그렇게 생 각하냐? 달출은 일본인들 한 사람 한 사람 붙잡고 물 어보고 싶었다.

뾰족한 승산은 없었다. 하지만 이 순간 모른 척 그 냥 지나치는 것이야말로 달출 자신에겐 이미 지는 일 이었다.

평세도 한숨을 한 번 크게 쉬곤 달출을 엄호하러 달 려갔다. 애써 피신했는데 여기서 형님의 마지막 순간 을 볼 수는 없었다. 어젯밤 요츠기바시 다리를 빠져나 오며 평세는 달출의 미래가 바뀐 것을 분명히 보았다. 자신이 형을 설득해 다리에서 멀어졌고 달출의 먼 미래를 보았다. 형의 생을 다시 죽음으로 되돌릴 수 없었다. 평세는 용감하고 다정한 달출의 성품처럼 타인의 죽음을 보는 자신의 능력이 어쩌면 축복이 될 수도 있다고 생각했다. 누군가의 죽음에 개입하면 삶으로 되돌릴 수 있다. 그건 달출이 평세에게 해준 것과 똑같은 일이었다.

하지만 달출은 죽음을 예감했고 각오했다. 이름도 모르는 타인이다. 어떤 사람인지도 모르면서 바보처럼 폭력의 한복판에 들어서고 있다. 하지만 끼어들지 않는대도 마찬가지였다. 이 한복판 바깥이라고 지금 어느 곳이 고요하단 말인가.

달출은 바닥에 뒹굴던 쇠막대기를 집어 들고 등을 보이고 서 있던 남자 셋의 다리와 등을 내리쳤다. 세 남자가 휘청한 순간, 다른 남자 넷이 큰 소리를 내지르며 무기를 휘둘렀다. 날카로운 낫 하나가 달출의 목을 노렸고 또 다른 쇠스랑이 복부를 향해 날아왔다. 평세가 달려들어 달출을 겨냥하는 남자들의 등을 걷어찼다. 평세에게 다른 남자들이 달려들었다. 원 안에 갇혀 있던 남자가 울부짖던 노래를 멈추고는 허둥대더니 도망치기 시작했다.

'저이는 뒤도 안 돌아보는디 우덜은 도망칠 곳도 없다! 여그서 싸웠던 걸 누가 알아줄까! 죽기 전에 이리 끽소리 냈다는 걸, 버티고 견디다 죽어븐 걸 누가 알고 슬퍼해줄까!'

서러운 마음을 삼키며 달출은 아슬아슬하게 칼날을 피했다. 남자들의 다리를 붙잡고 버텼지만 십수 개의 다리와 무기가 몸 위로 쏟아졌다. 이러다 맞아 죽을 것 같았다.

—형님, 어쩌려고 끼어들었습니까!

남자들을 밀쳐내며 외치는 평세의 마음속 원망이 달출의 머릿속을 때렸다.

'끈질긴 놈들이라 그냥은 안 죽었다고 알려줘야 허니께! 앞으로 이 일을 떠올릴 때마다 큰일을 저질렀다고 기억하게 해줘야제! 죽어가면서도 눈을 부라려줘야제!'

낫을 하나 피하자 이번엔 일본도가 공중에서 번쩍였다. 모양도 제각각인 칼날이 공중에서 교차했다. 쇠스랑의 커다란 발톱 세 개가 달출의 얼굴을 향해 수직으로 내리꽂히고 있었다. 이제 끝이구나, 달출이 체념한 순간 갈퀴 칼날이 공중에서 멎었다. 바닥에 누운 달출이 잠시 정지된 칼날을 올려다보았다. 칼날을 치켜든 자의 팔을 힘껏 붙잡고 있는 또 다른 손이 있었다. 울면서 노래를 부르던 그 남자였다. 도망치던 걸음을 되돌려 달려온 모양이었다. 차마 혼자만 도망가지 못하고 반격에 끼어들었다. 울던 자가 돌아와 달출을 살리려 버티고 있었다.

상대는 일곱이었다. 세 남자가 두 명씩 막아내고 있었지만 역부족이었다.

'소용없다, 완벽하게 열세야.'

다 끝났다고 생각한 순간 달출은 또 다른 목소리를 들었다.

"야 이 새끼들아, 제발 그만 좀 해!"

조선말이 들려왔고 무기를 든 일곱 남자가 순식간에 일제히 쓰러졌다. 번개라도 맞은 듯 바닥에 누워 몸을 떨었다. 살기로 번뜩이던 무기도 주인들의 손에서 벗어나 바닥에 뒹굴었다.

달출은 몸을 일으키고선 평세의 손을 잡아끌어 올

렸다. 평세가 아까 말을 더듬던 남자를 일으켜 세웠다. 이제 민호와 세 명의 청년들이 쓰러진 일곱 남자를 둘러싸고 있었다.

"이게 워쩐 일이요?"

달출은 민호를 바라보았다. 어제 자신을 도와준 청년이었다. 민호가 살아 있다는 것이 달출은 마냥 기뻤다.

"살아 있었구면요. 정말 다행이오!"

세 청년에게 민호가 두 가지 언어로 설명했다.

"얼른 피하세요. 이제부턴 군인들과 경찰들을 절대로 마주쳐선 안 됩니다!"

복장도 말투도 조금 이상한 이 청년은 어쩐지 지금 상황을 잘 알고 있는 듯했다. 청년의 손에는 본 적 없는 무기도 들려 있었다. 쓰러진 남자들의 것보다 작고 뭉툭했지만 공격성만큼은 낫이나 칼보다 훨씬 더 강한 것 같았다.

말 더듬던 남자가 자신의 숙소로 가자고 이끌었다.

"구해주셔서…… 감……사합니다."

더듬거리는 인사말을 건네며 남자가 공손히 허리를 숙여 인사했다. 민호가 통역을 담당했다. 그가 자신의

이름을 미야와키라고 밝히자 민호의 눈빛에 반가움
이 반짝였다. 그는 가까운 곳에 자신이 머무는 숙소
가 있다고 했다. 창고 한쪽을 숙소로 빌려주는 곳인데
안주인이라면 기꺼이 도와줄 거라고 했다. 달출과 평
세는 그를 따라나섰다. 달리 숨을 안전한 장소도 없었
다. 그리고 미야와키라면 믿을 수 있을 것 같았다.

시가현 출신인 미야와키는 지방과 도쿄를 오가며
약 행상을 하여 생계를 꾸리고 있었다. 도쿄에 상경할
때면 이 동네에 항상 머물렀다. 시가현 출신 친척들이
많이 사는 지역이었다. 이번 여행에서 큰 지진을 맞을
줄은, 게다가 말 더듬는 습관과 사투리가 섞인 말투
때문에 목숨까지 위협을 당할 줄은 꿈에도 몰랐다.

미야와키의 고향에는 의원이 드문 산지와 오지에 상
비약과 약초 등을 가져가 행상을 하던 사람들이 여럿
있었다. 필연적으로 상권에서 떨어진 동네에 자주 들
렀는데 주거 환경이 나쁜 지역일수록 최근에 조선인들
이 많이 흘러들어 왔다. 그때 미야와키는 조선인들과
부락민들이 비슷한 신세일지도 모른다고 생각했었다.

세 청년을 엄호하듯 민호가 몇 걸음 떨어진 곳에서

걸어왔다.

달출은 일본어를 하지 못했고 평세는 아예 말을 못했다. 하지만 평세가 손짓으로 뜻을 전하면 달출은 알아듣는 걸로 보였다. 미야와키는 신기하다는 듯 두 사람을 번갈아 바라봤다. 뇌병변 후유증으로 장애를 가진 자신을 보고 표정이 변하는 일본인보다 이 조선인 두 사람과 말하는 게 훨씬 마음이 편했다. 미야와키는 안도하며 방금 느낀 서러움을 넌지시 드러냈다.

"내…… 내가 일본인……인 걸…… 모를 리가 없는……데."

평세는 그의 말에 공감하면서 이를 조선인 입장에서 조금 바꿔보았다.

─우리가 일하러 온 것을 모를 리가 없지.

달출이 평세의 속내를 받아 말했다.

"우리가 얼매나 힘들게 일하는지 고것도 모를 리가 없당께. 생고생하며 일하는 거 말고는 다른 걸 할 힘도 없는디……"

다른 언어였지만 세 사람은 같은 말을 했다.

미야와키는 소규모 공장이 늘어선 작은 마을로 들어섰다. 이곳은 특수한 부락이었다. 이곳에서 일하는 자들, 여기서 태어나고 살아가는 자들은 '부락민'이라 불렸다. 부락민 이외의 사람들은 잘 드나들지 않는 보이지 않는 장벽이 단단하게 세워져 있었다.

평세가 달출과 미야와키를 가리키던 손을 한데 모았다. 그러자 달출과 미야와키도 그의 뜻을 알아듣고 표정이 조금 환해졌다.

"내 말이 맞제, 성아? 이 형님도 나맹키로 똑같은 신세일 거라고 내가 말 안 했냐."

미야와키도 평세의 몸짓을 보며 말뜻을 알아차렸다. 달출이라는 청년도 조선의 에타(穢多)[12]였구나. 조선인 중에서도 부락민 신분이었구나. 달출의 두툼하고 뜨거운 손이 미야와키를 덥석 붙잡았다. 달출은 그가 일곱 남자에게 둘러싸인 일은 그 전에도 있었을 거라 예상됐다.

"아이고…… 고생 많았겠구만요."

아이고, 라는 말은 감탄사 같았다. 너만큼 나도 슬프다는 표현이겠거니 하고 미야와키는 짐작했다.

한 해 전, 일본에서는 '수평사'라는 부락민차별철폐 운동 단체가 설립되었다. 미야와키는 수평사에 들어갔고 부락민이라는 이유로 천대받는 일을 없애는 데 작은 힘이나마 평생 보태기로 마음먹었다. 조선의 백정 차별철폐운동 단체인 '형평사'는 올해 설립됐다. 달출도 지인이었던 백정 출신 형님들 몇이 형평사에 들어갔다는 이야기를 들어서 알고 있었다. 거기에는 백정이 아닌 사람들도 있다고 했다. 양반 출신인 사람들과 많이 배운 사람들도 있다고 들었다.

미야와키는 고향에서도 도쿄에서도 늘 외로웠다. 자신이 부락민이라는 걸 알고도 친구로 남아준 사람은 유년 시절을 통틀어 딱 한 명뿐이었다. 그 소박한 숫자는 언제나 인간의 비정함을 상기시켰다.

미야와키는 발음이 유창하지 않아 단어를 흙바닥에 한자로 써가며 말했다. 평세는 글을 알아봤고 말뜻을 이해했다. 글을 보고 평세가 몸짓으로 달출에게 뜻을 전했다. 조금 느리지만 확실히 세 사람은 마음이 통했다. 글을 배운 적이 없는 달출은 바닥과 평세와 미야와키의 얼굴을 번갈아 보며 고개를 끄덕였다.

생각지 못한 곳에서 의외의 친구들을 만났다. 세 사람은 어둠 속에서 시간을 들여 서로의 이름을 알아냈다. 작은 잡음이라도 들려오면 동시에 몸을 낮추고 소리를 죽였다. 죽음이 지천에 깔려 있었지만 차분히 서로를 알아갔다. 부정확한 발음으로 최대한 상대에게 익숙한 말에 가깝게 소리 내려 애썼다. 다르추르, 폰세, 현재 불리는 이름은 송아, 그리고 미야와끼……. 약간 다르게 들려서 오히려 새 이름처럼 들렸기에 세 사람은 나쁘지 않다고 생각했다.

세 사람의 등 뒤를 지키며 따라오던 민호는 이들에게 다가가 자신은 가까운 곳에 있겠다고 말했다. 달출은 자리를 뜨려던 민호를 붙잡고 일본의 부락민들에 대해 좀 더 아는 게 있는지 물었다. 민호는 간단하게 아는 것을 설명했다. 부락민 출신자에 대해선 오래도록 못된 차별이 남는다. 취직도 결혼도 어렵다. 호적을 바꾸고 살다 출신이 드러나 거짓말쟁이로 비난받기도 했다.

"똑 백정맹키로 취급당하는 사람들이 맞구면!"

민호가 달출에게 설명했다.

"백정은 조선에서 사라지지만 부락민은 100년이 넘어도 사라지지 않아요."

이 청년이 어떻게 한 세기 후의 일을 아는가 싶었지만 달출은 백정이라고 불리는 일이 앞으로 사라진다는 말에 마냥 기뻤다. 그러니 조선으로 돌아가기만 하면 되겠다 싶었다. 조선 땅에서 백정으로 불리며 손가락질당하다 죽을 미래는 없다. 그 말만으로도 살아서 돌아갈 이유가 충분했다. 달출은 극심한 피로와 절망 때문에 중간중간 자포자기하고 싶던 마음을 다잡았다. 달출이 민호의 손을 꽉 잡았다.

"고맙소. 이제는 살아서 돌아갈 마음이 생기요. 조선이 그런 곳이 되었다니 참말로 다행이요. 그럼 배고프고 천대받는 사람은 죄다 없어진단 말이지요?"

"아……."

민호는 머뭇거리다 애매하게 답했다.

"적어도 백정은 없습니다. 가축 도살을 하는 사람은 있지만 다들 평범하게 삽니다. 다른 식의 계층은 있지만요."

평범하게 산다는 말이 이토록 가슴 뛰는 일이라니.

달출은 뛸 듯이 기뻤다. 그래서 민호가 말한 그다음 말은 크게 신경 쓰지 않았다.

민호는 세 사람이 들어간 창고 주위를 경호하기 시작했다.

미야와키의 안내를 따라 달출과 평세는 사요의 창고로 들어섰다. 미야와키는 이곳을 '히카쿠' 공장이라고 설명했다. 동물 가죽 냄새와 기름 냄새가 코를 파고들었다. 체감되는 정보만으로도 이곳이 피혁 공장임을 알 수 있었다. 감각이 언어보다 먼저 확실하게 정보를 전해주고 있었다. 언어로 소통이 어려운 외지인 신분이다 보니 더욱 예민해진 채 살아와서다.

"잠시…… 숨었……다 도…… 도망치……는 게…… 좋……겠어요."

달출과 평세는 미야와키를 따라 집 안으로 들어섰다. 방 안에서 낮지만 험악한 목소리가 들려왔다.

"미친 거 아니야? 주인장, 이러다 다 죽겠어. 여자들은 이럴 때 생각이란 게 있는 건지. 머리도 정도껏 나빠야지!"

159

말싸움 속에 아기가 작게 칭얼대는 소리가 들려왔다. 아기를 달래는 여성은 조선말을 쓰고 있었다. 주인장이라고 불린 일본 여성, 기타가와 사요가 말했다.

"아기 엄마에게 지금 나가라고 하면, 그냥 죽으라는 얘기잖아?"

사요가 남자를 향해 목소리를 높였다. 그의 배 속에는 곧 태어날 새로운 생명이 있었다. 사요는 죽은 남편과 운영하던 피혁 공장에서 남자들 한두 사람 몫에 달하는 일을 하면서 동시에 손님들의 식사와 빨래까지 담당하고 있었다. 남편이 죽고 난 뒤 혼자서 모든 일을 맡으면서 시가 식구들의 온갖 일까지 돌봐야 했다. 사요는 일머리가 좋고 워낙 억척스러운 데다 성격이 호방해 동네에선 사내 같단 소리를 자주 듣곤했다.

창고에서 줄곧 머물던 손님 하나가 오늘 밤 자경단에 합류하겠다며 길을 나서는 바람에 사요와 언쟁을 벌이고 있었다. 사요가 손님을 잃어도 상관없다는 듯 호통을 쳤다.

"자경단 들어가 애먼 사람 죽이고 다니면서 경찰들

한테 잘했다고 칭찬받고 싶은 거야? 그러고 나면 저들이 우리 같은 부락민들을 훌륭한 일본인이라고, 이제 너희도 평범한 일본인이 됐다고 치켜세울 것 같아? 바보 같긴!"

각 가정마다 남자 한 명씩은 자경단에 참여하라는 통보가 온 참이기는 했다. 이를 거부하는 집은 마을에서 앞으로 배척당하는 일까지도 각오해야 했다. 남자들은 아내와 딸이 조선인들에게 강간당한다면서 이웃에게 참여를 독려했다. 자기 식구들 지킨다고 호들갑을 떨며 불참자들을 욕하는 남자들을 향해 사요는 평소에 아내와 딸에게나 잘하라는 말이 목까지 차올랐다. 오죽하면 낮에 자치회 앞에서 마을 경찰이 사요를 달래며 뒤로 빠지라고 했다. 사요는 젊은 순사를 훈계했다.

"흥, 이놈아, 네가 어릴 때 동네 들개들 때리고 다녔지. 그때부터 잔혹한 건 알았지만 작정하고 합법적으로 누구 때려줄 흑심에 순사가 된 거냐?"

동네 사정에 훤하던 사요는 평소에도 못 미덥던 마을 순사들과, 거기 합세한 자치회 사내들을 꾸짖었다.

이제껏 마을의 온갖 궂은일을 떠맡으면서도 여자라서 자치회에는 들어가지 못했다. 사요는 남자가 아니라서 이런 때 나쁜 짓에 가담하지 않을 수 있어 천만다행이라고 생각했다. 하지만 자신이 자경단에 들어갈 수 있었다면 이들을 말릴 수도 있지 않을까? 이게 옳은 거냐고 꼬치꼬치 캐물으며 남자들이 귀찮아할 목소리를 낼 수도 있었을 터다. 자치회 주요 인사들은 사요를 쉽게 뒤로 물렸다. 자치회장은 자경단원들 앞에서 기선을 잡았다.

"전쟁터에서 여자 말을 듣는 사람이 어딨나!"

자치회장은 여자들은 돌아가는 정세를 모른다고, 중요한 정보를 쥐고 있는 경찰과 군의 지시에 따라야 한다며 참여한 이들을 다독였다. 경찰과 군에 의해 조직된 자경단은 지역의 유지들이 실질적으로 조직을 이끌었다. 자치회 남성들의 귀에는 경찰과 군의 정보와 이를 중심으로 모인 동료 남성들의 의견 이외에는 모두 사사롭게 들렸다.

사요의 먼 친척이기도 한 이 손님은 자경단에 들어

가는 것이 일본인의 의무라고 여겼다. 손님이 사요를 훈계했다.

"밤에 애가 울어서 사람들이 쳐들어오면 어떻게 하려고요? 조선 놈들이랑 똑같은 족속들이라며 우리도 죽일걸요."

집 안에서 들려오는 목소리로 평세는 무슨 일이 벌어지고 있는지 짐작할 수 있었다. 서른 살쯤 된 공장 안주인이 아기를 안고 도움을 청해온 조선 여성을 집 안에 숨겨주었고, 자경단으로 나서려던 남자가 이를 불평하고 있었다. 미야와키가 집 안으로 들어가며 두 사람을 부르자, 사요는 자신의 부른 배를 꼭 붙든 채로 돌아봤다.

"아주머님. 우리……도 좀 숨겨……주세요."

미야와키가 자신과 함께 온 달출과 평세를 가리키며 우리라고 말했다. 사요를 비난하던 남자가 달출과 평세의 옷을 보고는 조선인임을 알아챘다. 그는 최대한 목소리를 낮추면서도 노발대발했다.

"둘 다 단단히 미쳤군! 이게 알려지면 다 몰살이야."

미야와키가 두 사람에게 설명했다.

"저 방금······ 일본인들에게 맞아 죽을 뻔했······어
요. 제가 말을 더듬고 사투리 쓰니까. 이 청년들······이
저를 구해줬······어요. 조, 조선인들······만 죽이는 게
아······니에요."

달출은 아까부터 콧속을 파고드는 가죽 공장의 피
혁 냄새를 맡으며 아버지의 도축장을 자연스럽게 떠올
렸다. 남자는 짐을 챙겨 떠나며 말했다.

"오늘로 나는 여기 안 살아요. 나는 못 본 걸로 할
테지만, 근데 두 사람도 잘 생각하는 것이 좋을 거예
요. 이번에 자치회에 참여하지 않는 사람은 절대로 마
을의 일원으로 인정받지 못합니다. 나는 이참에 제대
로 된 일본인이 될 거예요. 그건 우리 아버지들이 못
해낸 일이고 저는 할 겁니다."

아기를 안은 여자가 울상이 되어 안절부절못했다.
남자는 무기를 들고 밖으로 나가다 달출과 평세를 잠
시 노려보았다. 그의 눈에 살기가 번뜩였다.

'다시 만나면 내 손으로 죽인다.'

그 눈은 자신도 살아야 한다고, 그렇게 공동체의
일원이 될 거라고, 그래서 오늘 밤 누군가를 누구든

죽일 수 있다고, 아니, 죽일 수밖에 없다고 말하고 있었다.

　―이 사람은 지금부터 바깥에서 무기를 든 사람들과 함께할 거래요.

　평세의 해석을 들으며 달출은 고개를 끄덕였다. 사회에서 인정받고 싶다는 그의 마음만큼은 이해할 수 있었다. 누구보다도 자신이 가장 잘 이해할 수 있었다. 하지만 오늘 이후, 그와 절대로 재회해서는 안 되었다. 이곳에 오래 머물기도 힘들겠다고 직감했다.

　달출과 평세는 옷장 천장을 통해 창고의 지붕 밑으로 들어갔다. 사요가 물과 주먹밥, 그리고 용변을 볼 통을 올려주었다. 한숨 돌린 달출과 평세는 바닥에 납작 드러누웠다. 평세는 바닥의 작은 틈새로 집 안의 풍경을 조용히 지켜봤고 달출은 곧장 잠에 빠져들었다. 조금 쉬다가 바로 떠나야 했다.

　"안주인, 저도 도, 도망갈 거……예요. 조선인……들이 막무가……내로 당하는데 죽일 이……들을 구분할……, 할 수 없으니까요. 좋은 조선인……들도 다 죽이라……고 한…… 한대요."

미야와키의 말에 사요는 깊은 한숨을 쉬었다. 무거운 공기가 방 안에 흘렀다. 사요는 아기에게 묽은 죽을 먹이며 나직이 말했다.

"아가, 네가 어젯밤에 큰 소리로 울었으면 엄마랑 아줌마까지 다 죽을 뻔했는데 아주 잘 참았어. 대견하다."

아기와 조선인 여성은 어젯밤에 이 집에 들어와 하룻밤을 지냈다. 밤새 마을 주변에는 평소와 조금이라도 다른 소리를 수색해 수상한 것들은 치워버리겠다는 사람들이 쫙 깔렸다.

"이 집에 원래 아기가 없는데 네가 울면 낯선 사람을 집에 들였으니 우리까지 위험한 놈들이라고 쳐들어왔을 거야. 그 사람들은 도대체 얼마나 겁쟁이들이니? 겁 많은 자들이니 너처럼 어린 아기까지 다 죽여야 안전하다고 믿는 거지. 그런다고 전과 똑같이 돌아갈 수 있겠니? 이를 어쩌면 좋아."

사요는 호탕한 성격이었지만 어제부터 줄곧 떨고 있었다. 이곳은 군화, 무기 부품 등에 필요한 가죽을 만들기 위해 다른 지역의 기술자들을 이동시켜 세운 마을이었다. 군의 근대화가 시도되면서 군용 물품에 사용할 가죽을 납품하며 점차 번성하고 있는 지역이었다. 꽤 큰 돈을 만지기 시작한 사람들도 있었지만 차별당하는 부락민들인 건 변함없었다. 이 밤, 참혹한 상황 속에서 각기 선택을 요구받았다.

덜덜 떨리는 손을 누르며 사요는 조선인 아기 엄마의 얼굴을 보고 정신을 다잡았다. 아기 엄마는 천장으로 올라가는 조선인 청년 둘의 등을 걱정스레 바라보았다. 도와달라고 달려온 미야와키는 사요의 부른 배를 바라보며 미안한 마음이 들었다. 오늘 밤, 사요의 창고에는 재해와 폭력 한복판에 내던져진 하층민들의 복잡한 처지와 심경이 뒤엉켜 있었다.

함께 저녁을 먹고 사요는 조선인 여자의 몸단장을 시작했다. 예쁘게 보일 필요는 없었다. 한눈에도 일본인 아낙으로 보여야 했다. 시간을 들여 여자의 머리를 매만졌고 자신이 옛날부터 지니고 있던 낡지만 소박한 소품으로 여자의 머리를 장식했다. 입던 옷 중에서 가장 눈에 띄지 않는 허름한 옷을 몇 벌 골랐다. 그중 깨끗하고 보송한 옷을 골라 아기 엄마에게 입혔다. 오늘 밤 이후, 어딜 가나 아기 엄마가 일본에서 나고 자라 오래 생활한 여성으로, 아기는 그의 소중한 자녀로 보이길 사요는 바랐다. 살아남으려면 그녀의 진짜 국적이나 출신은 잠시 감춰야 했다. 감쪽같이 속이지는 못할 것이다. 그저 일본에서 나고 자란 사람과 그의 소중한 자녀만 골라서 지켜야 한다고 말하는 사람에게 그녀도 아기도 당신의 소중한 사람과 다르지 않다는 걸 보여주면 되었다. 불안하지만 사요는 해줄 수 있는 최선을 해주고 싶었다.

따듯한 죽을 잘 받아먹은 아기는 한 번 트림하곤 잠들었다. 순하고 착하고 건강한 이 아기는 다행히 무시무시한 상황 속에도 울지 않았다. 아기 엄마도 사요도 가슴을 쓸어내리며 안도했다. 아기 엄마와 아기가 한없이 의연해 보여 사요는 감탄했다. 이 밤에 다시 바깥으로 내보내야 하는 게 미안하고 착잡했다. 마을 분위기가 점점 더 어수선해지고 있어 여자와 아기를 집 안에 오래 머물게 하는 일도 위험했다. 곧 집 안 사정을 속속들이 알고 있는 사람들의 눈에 띌 거였다.

아기 엄마가 자리에서 일어나자 사요는 자신이 입고 있던 가벼운 옷을 벗어 어깨에 걸쳐주었다. 날이 아직

덥지만 도망가다 땀에 범벅이 되면 속에 입은 옷을 버리고 갈아입을 수 있을 터였다. 주먹밥을 싼 보자기도 여자의 소매에 넣어주었다. 아기 엄마가 일본어로 고맙다고 말하자 사요는 목소리를 내지 않아도 된다고 손짓했다. 말하지 않아도 다 안다는 듯.

"누가 말 걸면 말을 못 하는 척해요. 알았죠?"

오히려 말 못 하는 자로 보이는 게 살아남기 쉬울지 모른다. 사요의 말에 어쩐지 서글퍼져 이를 지켜보던 평세의 눈에도 슬쩍 눈물이 맺혔다. 그런 자들만 골라서 살려주겠다는 걸까……. 어차피 살아남아도 말도 못 할 테니까?

잠든 아기를 안은 여자가 집을 나섰다. 사요는 아기 엄마의 발에 타비하다시[13]를 신겨주었다. 밑창에 공장에서 만든 돼지가죽을 덧댄 하얀 신발이었다. 천장에서 이를 내려다보며 평세는 신발이 꼭 버선처럼 생겼다고 생각했다.

미야와키는 서둘러 짐 정리를 끝냈다. 그의 가방 안에는 고향 사람들이 직접 재배했거나 혹은 여러 지역에서 싸게 사들인 약초와 상비약이 가득 담겨 있었다. 어제만 해도 장사 생각으로 정신이 없었다. 큰돈은 아니지만 현재로선 전 재산인 물건들을 잘 지켜야 했다. 다행히 전국을 떠돌며 다져진 체력 하나는 자부했다. 일대일로 씨름을 한다면 누구에게든 지지 않을 자신도 있었다.

지진과 화재 때문에 다친 사람이 많은 데다 이동이 어려워 약을 구하려는 사람들이 많을 거였다. 반년에 한 번 미야와키를 통해 상비약을 사던 외딴 마을의 나이 든 손님들 얼굴이 제일 먼저 떠올랐다. 어제는 이번 재해 때문에 평소보다 수익이 조금 늘지도 모른다는 기대감에 잠깐 부풀기도 했다. 하지만 의원에 데려다줄 지인조차 없는 가난한 사람들을 만나면 약을 거저 나눠 줘야 할지도 몰랐다. 그것까지 각오했다. 외상은 큰 걱정이 아니었다. 일단 그냥 나눠 주더라도 내년에 약값을 돌려받으면 될 터였다. 단골들은 언제나 약 행상을 반겨주었다. 돈을 내고도 항상 고맙다는 인사를 덧붙였다. 미야와키는 시급하게 약이 필요한 사람들에게 자신의 일이 조금이나마 도움이 된다는 생각

170

에 기뻤다. 큰 재난이 덮쳤지만 부락민이 가져와준 약 덕분에 살았다는 사람을 만난다면 다른 때에 비해 보람이 훨씬 클 것 같았다.

이동 중에 강도를 당할지도 모른다고 걱정한 건 참으로 순진한 생각이었다. 자기 같은 말더듬이 시골뜨기는 약이고 뭐고 당장 도륙해야 속이 시원할 사람들을 패거리로 만날 땐 어떻게 대항해야 할지 상상해본 적도 없었다.

잠시 눈을 붙였던 달출과 평세는 사요가 차려준 밥상을 순식간에 먹어치웠고 사요 남편의 옷으로 갈아입었다. 달출은 진즉 떼어버리고 허리춤에 달고 있던 저고리 옷고름만 자기 손목에 감았다.

너덜너덜하고 더러워진 조선 옷을 사요는 창고 뒤통에 넣고 쓰레기와 함께 태우기 시작했다.

"사람들이 많이 늘었어요. 다들 흥분했고 경찰이나 군의 민간 부대인 것처럼 일사불란하게 움직이고 있어요. 우리 공장에서 짐 옮길 때 쓰던 낡은 통통배가 있으니 그걸 타고 피신하세요."

사요의 말을 평세가 손짓으로 달출에게도 전했다. 사요는 남쪽이 지진 진원지에 가까우니 북쪽으로 가야 한다고 당부했다. 피해가 적은 지역에서는 흥분한 사람들 수도 적길 달출과 평세는 바랐다.

어제와 그제 아라카와강 근처의 피난민들은 자연재해가 준 생과 사의 갈림길을 만나 두려움에 떨었고, 어둠 속에서 낯선 이의 행동에 담긴 진의를 파악하려 애쓰며 불안해했다. 그러나 고작 하루 이틀 사이에 사람들의 마음가짐은 완전히 달라지고 말았다. 적의와 정의감이 섞여 타자인 악을 단죄하겠다는 일그러진 사명감에 뭉쳐 있었다. 이 순간, 우리 쪽이라고 부를 수 없는 타자는 모조리 악이었다.

3일, 전국 지방 단체장을 거쳐 행정 통신망을 통해 조선인 폭동은 공식화되었고 계엄령이 내려졌다. 달출과 평세의 기대와는 정반대로 지진 피해가 적은 지역에서조차 자경단은 꼼꼼하게 조직되어 움직이고 있었다.

달출과 평세, 미야와키는 사요의 배 앞에서 허리를 숙여 인사했다. 원동기 수명이 다해가는 낡은 통통배였지만 이런 때 남에게 내주기란 쉽지 않은 일이었다.

미야와키는 정박할 곳을 몇 군데 후보로 정해 알렸다. 내년이면 사요의 자식이 태어날 거다. 그 아이는 순식간에 세상을 삼켜버린 이 광기와는 상관없는 삶을 살길 진심으로 빌며 세 청년은 사요에게 말없이 인사했다. 마을 외곽을 감싸고 있는 강을 거스르며 통통배가 북상하기 시작했다.

사요가 이들을 배웅하고 집으로 돌아오자 전에 본 적 없던 경찰이 창고를 뒤지고 있었다.

"누구요? 뭐 하는 겁니까?"

순사보다는 지위가 높아 보이는 경찰이었지만 사요는 고개를 꼿꼿이 세우고 항의했다. 교쿠지츠는 쓰레기를 태우고 있던 통에 물을 뿌려 거의 타버린 저고리를 집어 올렸다.

"남의 집 쓰레기 태우는 일을 방해하는 것보단 경찰이 할 다른 일이 많지 않겠소?"

사요가 큰소리를 쳤다. 교쿠지츠는 집 안을 돌아보았다. 옷장 천장에 작은 틈이 보였고 고개를 집어넣으니 사람이 둘은 족히 몸을 숨길 수 있는 공간이 보였다. 그리고 오물이 든 듯 냄새를 풍기는 통이 있었다. 여자라고 특별히 봐주는 성미는 아니었지만 임산부의 배를 한번 노려본 교쿠지츠는 창고를 나섰다.

*

종천은 후쿠다 가족의 짐을 힘껏 끌어안고 간신히 열차에 올랐다. 좌석은 없었다. 짐칸에 올라선 것만으로도 운이 좋았다. 승강장은 탑승하지 못한 사람들로 가득 차 아우성이었다. 도쿄 우에노역에서 출발하는 이 열차는 도호쿠 지역 센다이로 향할 예정이었다. 만약 도착한 곳에서도 피난민을 감당하지 못해 갈아탈 차편이 마땅하지 않다면 이틀은 더 걸어야 후쿠다 씨 장인 장모와 처가 형제들이 사는 동네에 도착할 수 있다고 종천은 들었다. 애초에 도쿄가 아닌 지방에서 일할 계획은 없었지만 종천은 마음을 달리 먹기로 했다. 기노시타로 살기로 결심한 시점에 일본 국민이 되기로 각오했고 자신이 이름을 일본식으로 바꾼 것을 보고 손가락질하는 조선인들을 오히려 비웃었던 종천이다.

이참에 '국내' 여행을 다녀보며 전국 각지에 일본인 지인들을 만들어두는 것도 좋을 터였다. 손잡이도 없는 짐칸에 서서 종천은 다리에 힘을 주었다. 예정된 출발 시간이 훌쩍 지나고 있었다.

"다음 차가 언제 올지도 모르잖아요. 더 태워요!"

기차에 오르지 못한 사람들이 항의하고 있었다. 그때 탑승한 사람들 사이에서도 언쟁이 있었다. 싸우던 사람 중 한 명이 소리쳤다.

"조선인 주제에 여기가 어디라고 탔어! 여기 조선인이 있소!"

밀었다는 둥 밟았다는 둥 하며 일본인 둘이 언성을 높이더니 그중 한 명이 다른 일본인을 가리켜 조선인이라 낙인을 찍었다.

"무슨 소리야! 난 일본인이라고!"

"조선인은 내려! 우리 가족도 아직 못 탔는데 감히 여기가 어디라고!"

지목당한 사람이 성난 사람들에게 멱살을 잡혀 출구 쪽으로 떠밀려 나갔다.

"난 아니라니까! 나 말고 이자! 이자가 조선인이야.

제방에서 일하는 거 내가 다 봤어!"

남자가 종천을 가리켰다. 승객들은 남자와 종천을 함께 떠밀었다. 뭐라 말할 새도 없이 종천은 순식간에 짐칸에서 바깥으로 내동댕이쳐졌다.

"후쿠다 씨! 뭐라고 한마디만 해주세요! 제발요!"

후쿠다는 종천에게서 고개를 돌렸다. 조선인을 데리고 탑승했다는 사실이 알려지면 안 됐다. 어차피 짐을 옮겨준 것으로 종천은 쓸모를 다한 셈이었다.

조선인으로 지목당한 일본인과 종천은 승강장 바닥에 나뒹굴었다. 열차에 탑승하지 못한 사람들은 분노의 발길질을 두 사람의 머리 위로 퍼부었다.

우에노역으로 오는 길에 송천은 사람들이 외치는 말을 들었다.

"좋은 조선인도 나쁜 조선인도 죽여라."

조선인들 사이에선 나쁜 조선인이겠지만 적어도 일본인들 사이에선 좋은 조선인이었는데……. 종천의 알량한 자부심이 짓밟히고 있었다. 종천은 마음을 다해 기꺼이 이 나라의 국민이 되었다. 하지만 종천이 간절히 되고 싶었던 국민들, 똑같이 되고 싶었던 일본인들의 발에 밟히고 차여서 즉사했다. 조선인으로 지목된 일본인도 종천과 함께 숨을 거뒀다.

아이를 업은 사람을 포함해 서너 사람이 더 기차에 올랐다. 사람들 사이에 박수가 터졌다. 만세를 외치는 사람도 있었다. 짐칸까지 피난민을 가득 실은 기차는 평소보다 느린 속도로 천천히 출발했다. 두 사람의 시체는 선로 옆에 함부로 버려졌다. 늦여름, 이른 가을의 경계 속에서 기괴한 열기가 시신의 부패를 재촉했다.

민 호 와
다 카 야 의
세 번째 루프

민호가 세 사람이 들어간 창고 근처를 지키던 때였
다. 다카야가 뒤에서 민호에게 다가왔다.

"뭐야, 서로 모르는 척하자며?"

민호는 차갑게 반응했다. 이곳에 도착한 뒤 사흘 동
안 다카야는 모습을 보이지 않았다. 갑자기 등장한 것
을 보니 줄곧 자신을 미행한 모양이라고 추측했다.

"200년이야. 무려 200년을 여기 갇혀 있었다고…….
너 때문에……."

민호는 다카야가 제정신이 아니라고 생각했다.

"그냥 각자 할 일이나 해. 어차피 너랑 나는 같은 곳에서 출발했다는 것을 빼면 서로 상관없는 사이잖아? 가족도 아니고 친구도 아니니까."

민호는 최대한 담담하게 다카야의 말을 반복했다. 하지만 다카야의 적의는 가라앉지 않는 듯했다.

"이번이 벌써 세 번째로 여기 온 거야. 난 200년 동안 왜 이렇게 된 건지 곱씹었어. 이 모든 건 너 때문이야. 분명해. 네가 섣불리 과거를 바꾸려고 한 게 내게도 영향을 끼친 거야. 도대체 왜 그런 짓을 하는 거지?"

민호는 헛웃음이 나오려는 것을 참았다. 역사 수정주의자들이야말로 과거사를 끊임없이 왜곡해왔다. 그들은 일어났던 일도 없었던 일이라고 주장했다. 우익 재단에 소속되어 역사 수정주의자들을 위해 일하는 다카야가 민호를 비난하고 있었다.

다카야는 광기 어린 눈빛을 번뜩이고 있었다. 말이 전혀 통하지 않는다는 생각에 민호는 자리를 피하며 다카야에게 등을 돌렸다. 그러자 다카야가 등 뒤에서 울부짖었다.

"왜 우리만 대대로 이렇게 아파야 하는데!"

다카야의 선조가 히로시마에서 피폭당한 일, 그의 할머니와 어머니가 피폭 2세, 3세로 대물림을 받아 고생한 일은 민호도 안타까웠다. 하지만 그건 1923년에 벌어진 학살과 관련이 없다. 히로시마를 빌미 삼아 그 전에 벌어진 가해와 학살의 역사까지 자신들이 피해자인 듯 둔갑시키려는 것은 기획된 혼선이고 증오다. 그리고 다카야가 민호에게 분풀이할 일도 아니다. 민호는 한 소리 해주고 싶은 마음이 치밀어 올랐으나 짜증을 꾹 누르고 다카야에게 위로의 말을 건네려 몸을 돌렸다.

"헉!"

민호가 손을 내민 순간, 다카야가 허리춤에 찼던 식칼을 꺼내 민호의 심장 깊이 찔러 넣었다.

"내가 일본인이라는 게 도대체 무슨 죄야?"

다카야는 칼을 뽑아 쓰러진 민호의 배와 얼굴도 반복해 찔렀다.

"우리는 할 만큼 했어!"

민호를 난도질하며 다카야가 외쳤다.

"네가 사라지지 않는 한 이건 안 끝나! 네가 원인이야, 네가 저주야! 그러니 너 자신의 무모함을 탓하라고!"

다카야의 얼굴이 민호의 피로 빈틈없이 뒤덮였다.

"너만 없으면 돼! 제발 꺼지라고!"

민호의 숨이 완전히 멎은 뒤 다카야는 옷깃으로 피를 닦아내며 잠시 기다렸다. 이번 선택은 단호했다. 자신을 지키기 위한 최후의 방법이었다. 곧 모든 게 원래 자리대로 돌아가기만을 간절히 기원했다.

얼마간 기다렸지만 아무 일도 일어나지 않았다. 다카야는 민호의 피로 흠뻑 젖은 자기 손을 내려다보며 비명을 질렀다.

"왜! 도대체 왜! 왜 나만 이런 벌을 받아야 하냐고!"

다카야는 이번에도 한 세기 뒤의 카타콤베로 돌아가지 못하고 과거에 머물렀다.

다카야는 평생 무력하게 살았다. 아무리 시간이 흘러도, 어떤 합리화를 해봐도, 아무도 모른대도, 처벌받지 않았어도 죄악감만큼은 덜어지지 않았다. 여러 차례 자살을 시도했으나 결코 끝내지 못했다. 마지막으로 시도했던 방법 때문에 극심한 신체적 손상을 입고 이후에는 영영 시도조차 못 하게 되었다.

위로인지 저주인지 주위에는 다카야와 비슷한 사람들이 많았다. 환한 곳에서 남의 피에 젖었던 자신의 붉은 손에 대해 당당하게 말하는 사람은 많지 않았다. 다만 학살에 부역했던 일이 수면 위로 드러났을 때 어두운 곳에서 당시를 회상하면서 서로를 위로하는 자들이 있었다. 어쩔 수 없었다고, 그때는 조선인들이 정말로 머리에 뿔 달린 악마로 보였다고, 사람을 죽이기는 했지만 그래도 어쩌겠냐고, 산 사람은 살아야 한다고 했다. 음울하고 폐쇄적인 가해자들의 연대 속에서 다카야도 망각만을 갈구하며 비루하게 살았다. 차라리 처벌을 받았다면 속죄할 기회라도 얻었을까? 주변은 고인 물처럼 변하지 않았고 시간 속에 갇힌 다카야는 새로운 삶으로 갈 길을 찾지 못했다.

다카야는 이번 생에도 목격했다. 그해 일본인을 살해한 자 몇몇이 지극히 가벼운 형 집행을 받았을 뿐, 조선인을 살해한 자들은 대부분 무죄로 석방되었다. 공권력이 작정하고 공문서를 소멸하는 것을, 생사 여

부조차 확인할 수 없는 유족들이 영영 찾을 수 없도록 치밀하고 완벽하게 유해를 은닉하는 것을, 어린이들의 수기까지 꼼꼼하게 삭제하는 것을 보았다. 철저하게 기획된 은폐였다. 전부 똑똑히 지켜보았다.

그는 거동할 수 없는 몸에 갇혔다. 아무도 찾지 않는 버려진 폐가에서 병상에 누워 임종을 느끼면서도 어찌 된 일인지 죽지도 못하고 생이라는 고통을 반복했다. 또 다른 100년이 지난 후 카타콤베 입구에서 다카야는 눈을 떴다. 300년을 꽉 채운 후에도 모자라다는 듯 새로운 형벌이 시작되고 있었다.

"여기가 맞는 거지?"

지하 통로로 들어가는 입구를 가리키며 민호가 다카야에게 물었다. 네 번째 루프가 다시 시작된 것을 느끼며 다카야가 천천히 고개를 끄덕였다. 도저히 민호를 똑바로 바라볼 수가 없었다.

다카야는 민호를 따라 묵묵히 언덕을 오르며 계속 생각했다.

'이건 저주다. 누가 어떻게 해도 절대로 끝나지 않는

다…….'

다카야는 지난 세월 내내 곱씹던 민호의 얼굴을 곁
눈질하며 자신이 이 얼굴을 하루도 잊지 않았음을 깨
달았다. 다시 마주한 형벌 같은 저주지만 이번에는 달
라야 했다. 이 악순환을 끊을 기회로 바꿔야 했다. 그
런데 민호를 죽이기까지 한 자신에게 과연 새로운 선
택지가 있을까? 이제는 눈을 맞추는 일조차 버거운
민호의 얼굴을 바라보며 다카야는 자문했다.

4부

1923년
9월 4일
화요일

　간토 지역 전체에 급조된 자경단과 여기 참여하는 사람들 수는 폭발적으로 늘었다. 거의 모든 집에서 남자 한 명씩은 대표로 참여했다. 새로 생긴 자경단만 1,000개가 넘었다. 한 마을에서 열 명만 모였다고 해도 1만 명 이상이 기꺼이 무기를 든 셈이었다. 교육받지 못한 하층민들뿐 아니라 지역 유지, 대학 교수, 아름다운 글을 쓰던 작가들도 그곳에 있었다.

　지진 발생 당일, 겁에 질린 한두 사람이 헛소리를 지

껄인다고 생각했던 사람들도 당일 저녁이 지나고 다음 날부턴 완전히 입을 다물기 시작했다. 순사들이 동네를 돌며 확성기로 조선인을 주의하라고 경고했기 때문이다. 경찰의 공식적인 발표로 조선인 폭동은 기정사실이 되었다. 주요 신문도 발행되지 않는 상황이지만 피난민들이 전국 구석구석에 전한 소문은 지역 신문의 호외로 만들어져 확산되었다. 흥분한 사람들을 진정시키려던 사람들조차 뒤로 물러섰다.

특히 만주 및 소련 등지에서 벌어진 전쟁에 참여했다가 돌아온 이들로 이루어진 재향군인회는 이때 자경단에 상당수 지원했다. 이들은 해외에서 파르티잔을 잔혹하게 섬멸한 경험을 가진 경력자들이었다. 당시 전투에서의 기억과 공포감이 조선인들에 대한 공격성을 강화하고 심지어 정당화하기도 했다.

통통배에 앉아 세 사람은 강둑 여기저기에서 터져나오는 비명을 들었다. 달출과 평세는 자세히 보지 않으려 애썼다. 외면하는 순간에도 콧속에 스미는 냄새는 또렷했다. 화약내와 피 냄새였다.

나가야에서 함께 지냈던 형님과 동료들의 얼굴이 자꾸만 떠올랐다. 평세가 가마니를 두 개나 드는 바람에 다른 사람들만 게으른 놈들을 만든다고 나무라던 평양 형님, 가는 곳마다 불리한 환경을 마주해도 제 몫을 하려고 남들보다 두 배 세 배 재게 움직여 땀 흘리던 태안이, 달출을 보며 평생 입신 못 할 선비 같다고 타박하던 태백 형님, 가족들을 돌보러 달려간 원산 형님, 요츠기바시 다리에서 만나자고 약속했던 동료들, 거기서 도망치다 다른 곳에서 붙잡힌 사람들도 있을 터였다. 피부가 찢기고 뼈가 꺾여 피를 쏟으며 생의 불꽃이 잦아들고 있는 사람들이 아는 얼굴들과 겹쳤다. 평세는 눈물을 참았고 달출은 고개를 숙였다.

형님들과 함께 살 때 나가야는 언제나 모두의 땀내와 체취로 지독했다. 다양한 나이대의 남자들이 뒤엉켜 살았던 돼지우리 같은 창고, 씻을 물도 변변찮은 자들이 뜨거운 계절을 통과하며 사람 사는 냄새를 진하게 풍겼다. 자신들은 단 한 번도 땀을 흘려본 적 없다는 듯 조선인들 앞에서 일본인들은 대놓고 코를 막았다. 여자들이 제 앞을 피해 돌아가는 걸 볼 때면 달출도 조금 부끄러웠지만 어쩔 수가 없었다. 자기 몸에서 나는 시큼한 냄새도 다 사람 사는 냄새였다. 하지만 지금의 피 냄새는 견딜 수 없었다. 그건 사람 냄새가 아니라 정반대의 이취(異臭)였다.

고약한 죽음의 냄새가 났고, 비명 사이에 아이들 우는 소리가 들리다가 갑자기 멎기도 했다. 여자들의 새된 소리도 섞여 있었다. 자기 아이와 여자를 지킨다는 자경단원들은 타인의 아이와 여자들까지 거침없이 살육했다.

달출과 평세, 미야와키는 통통배가 더 움직일 수 없는 상류의 인적 드문 곳에 이르러 배에서 내렸다. 미야와키는 사요가 잘 발견하길 바라며 통통배를 나룻터에 단단히 묶어두었다. 세 사람은 늪과 같은 길을 한참 걸어 세이토 마을에 도착했다. 이곳에도 자경단과 경찰, 군 병력이 모여들기 시작했다는 것을 세 사람은 알지 못했다.

도쿄의 외곽 경계 지역인 세이토 마을 입구엔 자경단과 재향군인회 주민들이 피난을 떠나는 조선인을 포로를 잡아끌며 의기양양하게 인근 군부대로 향하고 있었다. 이동하는 길에도 각 마을에서 포박한 조선인들을 합류시키며 호송 규모는 점점 커졌다. 조선인들은 잠은커녕 잠시도 쉬지 못하고 다른 지역의 자경단으로 넘겨지며 꼬박 서른 시간이 넘도록 끌려가고 있었다.

마을들마다 자경단이 결성되자 순식간에 주민 수천여 명이 집결했다. 오합지졸이었으나 살기등등했고 자신들이 경찰력과 군사력의 공백을 메우며 민간 방위를 담당하고 있다고 여겼다. 호송 임무를 담당하면서 결속력도 생겨났다. 수완 좋은 파르티잔 퇴치 경력자들이 선배들처럼 처형 방식을 전수했다.

계엄령이 내려진 이후 외곽에 사는 사람 중에는 도쿄 사람들이 지진 피해로 죽은 게 아니라 조선인 폭도들에 의해 살해당했다고 믿는 사람이 많았다. 요코하마의 경찰과 군이 완전히 궤멸 상태가 된 것도 진원지에 가까워서가 아니라 조선인에 의한 체제 전복 내란 때문이라는 소문이 기정사실이 되었다. 경시청이 배포한 전단에는 낯선 이를 조심하라는 표현과 함께 조선인을 비롯해 약자, 장애인, 부락민, 그리고 반체제 인사들이 특정되어 있었다. 이들을 모두 처단하라는 지령이나 마찬가지였다.

제한된 정보를 진실이라고 확신한 자들이 비틀린 분노를 마음껏 폭발시켰다. 스스로 의롭다 믿었고 저지하는 사람도 없었다. 호송 중에 사적 복수로 폭력을 쓰기도 했는데 말리는 사람보다는 그의 울분에 공감하는 사람들이 많았다. 심지어 공권력마저 이들을 막거나 처벌하기보단 독려했다. 이참에 살의를 드러내도 단죄하지 않겠다는 듯했다. 흐르는 피가 땅과 강을 적시는 걸 보며 모두가 안도했다. 박수가 터졌고 만세 소리가 울렸다. 공권력이 민간에 위탁한 불의와 광기가 살육으로 터져 나왔다.

말에 탄 교쿠지츠가 이송된 자들을 짐짓 근엄한 표정으로 꼼꼼히 내려다보고 있었다. 그의 손끝이 조금 까딱였다. 누군가를 찾고 있었다. 그가 찾고 싶은 자는 호송되는 조선인 무리에 없었다. 손가락 끝을 움찔거리며 그는 연신 눈을 번뜩였다.

*

　군부대 길목인 세이토 마을로 각처에서 조선인을 호
송하는 자경단 그룹들이 모여들었다. 마을 여기저기에
선 보란 듯이 처형이 집행되고 있었다. 어떤 이가 울부
짖었다.

　"이 새끼들이 방화를 저질러서 도쿄에 있는 우리 부
모님과 형님 부부가 화재로 죽었어요."

　"이 난리 통에 범죄나 저지르고 반역이나 꾀하다니!
이러니 비국민(非國民) 놈들은 일본인이 될 수가 없는
거야."

　"자기 나라에선 일자리도 없어 게으르게 살던 놈들
을 우리 나라에 데려와 먹여주고 일하게 해줬더니만!"

　지인과 친척의 복수에 나서는 사람들을 보면서도
경찰들은 이들을 엄하게 말리지 않았다.

　흥분한 사람 중에는 살해한 사람의 목을 높이 쳐들
거나 시체를 훼손하는 자도 있었다. 조선인만 제대로
솎아내 처벌하자고 목소리를 내는 이도 있었지만 구
타당해 피범벅이 된 얼굴은 아무리 들여다봐도 국적

193

을 구분할 수 없었다. 호송된 자들 중에 일본인이 섞여 있었지만 이미 목소리가 제대로 나오지 않는 상태라 일본인임을 알아차리기는 불가능했다. 제압된 사람들은 국적과 출신, 구사하는 언어와 무관하게 모두 똑같이 아파하고 있었다.

호송되는 무리에는 조선인 외에도 일본의 부락민과 노동자, 장애인들도 포함되어 있었다. 중국인과 노동운동가, 사회주의자, 그리고 이웃들에 의해 따돌림을 당하다가 이참에 조선인으로 몰린 일본인들도 마구잡이로 섞여 있었다. 이들은 부은 얼굴과 새는 발음으로 자신이 조선인이 아니라고 읍소했다.

이 와중에 조선인들은 항변조차 할 수 없었다. 남루한 차림, 지친 표정, 무기력한 눈빛, 슬픔과 두려움에 짓눌려 절망한 어깨를 보이는 이들은 모두 조선인들이었다. 게으르게 살아오지 않았다. 애초에 일본에 침략당하지 않았다면, 죽도록 일해도 품삯조차 제대로 받지 못할 거라는 걸 알았다면, 오지 않았을 거였다. 억울한 속내를 말할 수도, 그럴듯하게 거짓말을 둘러댈 수도 없는 사람들이 바로 조선인들이었다.

호송되는 조선인들은 옆 사람이 자신이 일본인이라 외치는 걸 듣는 일도 고통이었다. 그건 조선인들은 당해도 된다고 전제하는 게 아닌가? 선량하고 순응적인 조선인이라 해도 살 방도가 없었다. 제아무리 불온한 사람이 여기에 섞여 있대도 재판 없이 권한도 없는 사람들에게 이렇게 살육당해도 되나? 이런 일은 어디서도 본 적 없었다. 세상에 이런 법은 없었다.

그 순간 교쿠지츠가 자경단을 향해 총을 꺼내 보이며 외쳤다.

"그만! 이제 됐다."

이만하면 충분하다. 경찰의 복안은 전부 계획대로 집행됐고, 자경단은 기대보다도 더 적극적이었다. 교쿠지츠에겐 따로 해야 할 일이 있었다. 이제부터 눈여겨 봐온 타깃을 처형해야 했다.

교쿠지츠가 호송되는 이들 중에 몇 명을 지목하자 주민들이 이들을 빼내 경찰 손에 넘겼다. 공장에서 임금 체불에 항의하던 중국인들과 이들을 조직했던 노동운동가, 그리고 공산주의자로 알려진 이들이 섞여 있었다. 그중에는 다리를 저는 조선인 청년, 얼굴이 파랗게 질린 태안도 있었다. 교쿠지츠는 손끝을 움찔거리며 지목한 자들의 얼굴과 이름을 정확히 기억해냈다. 그는 태안을 경찰서 앞에서 두 청년과 함께 마주친 것도 기억했다. 그는 자신의 기억을 대단히 신뢰했다. 교쿠지츠는 자신이 가리킨 이들의 정체를 상세히 알고 있었지만 자경단은 이것이 무슨 상황인가 하고 의아해했다. 한 주민이 투덜댔다.

"뭐야, 저놈들만 특별 대우야? 경찰들하고 안면이 있는 사이라 따로 데리고 가 풀어주려는 건가?"

교쿠지츠가 지금 꽤 권위 있어 보일 자신의 뒷모습을 의식하며 지목된 자들을 인솔했다.

교쿠지츠가 소속된 가메이도 경찰서는 그해 초부터 각종 분란의 씨앗이 연일 싹을 틔웠다. 중국인들과 조선인들까지 경찰서에 들락거렸다. 중국인들이 최근 자구 조직인 교일공제회(僑日共済会)를 결성했다는 소문이 들리나 싶더니 일본인 인력 브로커들을 단체로 경찰서에 끌고 왔다. 브로커들이 임금을 부당하게 떼어먹었다고 했다. 교쿠지츠는 끌려온 브로커들에게 담배를 한 대씩 나눠 주며, 앞으로 어설프게 들키지 말고 잘하라고 면박을 퍼부었다. 멋쩍은 얼굴로 담배를 태운 뒤 일본인 브로커들은 교쿠지츠에게 연신 굽신거리다가 경찰서를 나섰다. 아무 제재도 받지 않고 서를 빠져나간 것이다. 이를 알고 중국인 노동자들이 다시 들이닥쳤다. 그때 교쿠지츠는 어설픈 일본어로 가장 강하게 항의하는 중국인의 얼굴을 정확히 기억해두었다. 교쿠지츠는 사람의 얼굴을 마치 사진 찍듯 똑똑히 기억하는 재주가 있었기에 자신의 기억력을 확신했다. 머릿속에서 카메라 셔터 터지는 소리가 들려왔다. 저 중국인이야말로 분란의 씨앗이 확실하다. 최근 일본 사회주의를 주창하는 자들이 식민지에서 온 사람들에게 온정적인 태도를 보이고 있었다. 안 그래도 통제가 안 되는 판에 식민지 출신 낙오자들의 노동운동까지 활개쳐선 안 됐다. 조선인과 중국인은 머릿수도 많고 무엇보다 시끄러웠다. 교쿠지츠는 시끄러운 건 질색이었다. 그에게는 침묵이 평화였고 이를 위해선 시끄러운 자들을 조용히 시키는 일이 꼭 필요했다.

교쿠지츠는 자경단 단원들이 지키는 호송자들 사이
에서 한참 떨어진 곳으로 다섯 명을 데리고 갔다. 등 뒤
에서 자신의 다음 행동에 주목하고 있는 사람들의 시
선을 느꼈다. 어두운 시절, 방향을 잃고 헤매는 우매한
민중들에게 자신이 제대로 본보기가 되어줘야 했다.

그때 교쿠지츠의 발아래로 더러운 개가 한 마리 달
려들었다.

"장군아!"

태안이 절규했다. 태안이 손을 뻗은 바로 그 자리에
서 교쿠지츠는 개를 향해 일본도를 휘둘렀다. 칼을 피
하려던 개가 가까운 개울로 떨어진 듯 첨벙, 하는 소
리가 났다.

곧 어둠 속에서 다섯 발의 총성이 울렸다. 주위를
밝히고 있던 횃불이 핏물로 검붉게 변한 강을 비추었
다. 태안은 물과 불과 총성이 있는 곳에서 마지막 순
간을 맞았다.

방금 전 특별 대우냐고 투덜대던 주민이 총성에 놀
란 마음을 다스린 뒤 천천히 박수를 쳤다. 그는 중국
인 노동자에게 임금을 체불했던 공장의 관리자였다.

애초에 그는 감히 중국인 따위가 권리를 요구하는 것을 용납할 수 없었다. 호의에 고마워할 줄 모르고 권리부터 말하는 자들은 사회 불안에 일조하고 있다고 여겼다. 조선인들과 중국인들에 대해 불평할 때면 주위에서도 늘 동조하거나 웃는 사람들이 많았다.

타자들의 피가 엉겨 만들어낸 기묘한 단일감, 일체감이 모두를 감쌌다. 말 위에 올라타 주민들을 내려다보는 경찰들과 군인들은 위협적이었다. 국가 행정력과 평범한 주민들 사이에는 늘 거리감이 있었다. 그러나 이날 이후 경찰의 업무를 대리 수행하는 주민들은 스스로를 경찰력의 일부라고 느꼈다. 이로써 자신을 한 마을의 주민인 동시에, 일본이라는 국가의 국민으로 느꼈다. 1923년 민관합작 학살은 국가와 시민 사이의 괴리감을 급격히 줄이는 계기가 되었다. 자신이 마을이라는 작은 공동체에 소속되었다는 전통적인 인식은 이제 일본이라는 국가에 속했다는 인식으로 확장되었다. 조선인을 적으로 설정해 탄생한 국민화 전략이었다.

처형을 끝내고 호송자들 사이로 돌아온 교쿠지츠는

눈을 한층 더 빛내며 주위를 둘러봤다. 자기 손으로 매듭지어야 할 다른 조선인이 더 있었다. 벌써 몇 번이나 그를 놓쳤지만 근처에 있는 것이 확실했다. 그는 자신의 육감을 강하게 믿고 있었다.

지난밤, 다른 지역에서도 호송자의 일부를 빼낸 군인들이 있었다. 악질적인 조선인과 아나키스트, 공산주의자들이라 구분된 그들은 군에 의해 즉결 처형되었다. 재판도 없었고 사체도 감춰졌으며 유족에게도 물론 알려지지 않았다. 앞으로도 교쿠지츠와 같은 공권력이 사망 사실을 통지할 일은 없을 거였다.

교쿠지츠는 조선총독부 산하 경무총감부(경찰사무부)에 파견되어 헌병으로 일하다 지난해 일본으로 복귀했다. 3·1운동을 계기로 총독부는 헌병 경찰 배치를 폐지했다. 조선인 의병이나 반일 조직을 색출하면 범죄즉결례에 의거해 헌병이 태형까지 집행할 수 있었다. 광범위한 권한이 있었음에도 당시 조선인들의 반발을 제대로 제압하지 못한 것을 떠올리면 교쿠지츠는 늘 분했다. 자기 책임을 다하지 못했고, 그것이 부

ㄲ러운 경력으로 남았다. 일본으로 복귀한 교쿠지츠는 가메이도 경찰서에서 업무를 시작했다. 가메이도 경찰서는 전통적으로 규율이 엄격한 곳이었다. 기강이 잡히지 않은 조직도 많이 경험해온 교쿠지츠는 가메이도에서 상당히 안정과 보람을 느끼며 일했다. 동료들에게는 곧 서장이 되리라는 말도 들었다. 겸손하게 아직 멀었다고 말하면서도 속으로는 내가 도쿄 구석 경찰서장 정도로 인생 끝날까 보냐, 하며 비웃었다. 교쿠지츠는 서에서도 유망한 인재였다. 1918년 쌀 폭동과 1919년 조선의 3·1운동을 두루 경험하며 그는 폭도들을 진압하는 법을 배웠다. 분란의 소지가 될 사람을 잘 알아보는 육감이 자신의 무기임을 자부했다. 평소에도 위험한 자들을 색출해 분란의 불씨를 꺼뜨리는 것을 중요시했다.

쌀 폭동이라 불린 전국 규모의 대규모 항의 집회에 참여했던 농민들과 서민들은 잔혹하게 진압당했다. 전국에서 10만 규모의 군대가 동원되었고 농민들과 서민들을 적으로 삼아 섬멸 작전을 펼쳤다. 교쿠지츠는 그때 만났던 반란자들의 뻔뻔한 얼굴을 하나하나 똑똑히 기억하고 있었다. 그들은 대체로 세상만사에 불만이 많았다. 그것이 게으름을 증명하는 것인 줄도 모르고 뻔뻔하게도 채무 청산 정책인 도쿠세레(德政令)만 요구했다. 자기들이 빚을 져놓고 정치의 덕만 맛보겠다고 떼썼다. 가난하고 무능하고 무책임한 인간들이었다.

교쿠지츠는 조선의 3·1운동도 유사한 양상이었다고 이해했다. 당시《도쿄 아사히 신문》이 언급한 대로였다.

(이들은) 시위 운동자가 아닌 폭민으로 내지인(일본인)에 대해 방화, 살인 등 수단과 방법을 가리지 않고 있으니 빨리 진압해 치안을 되찾지 않으면 그 위험은 이루 말할 수 없을 것이다.[14]

교쿠지츠는 조선인들이 대부분 폭도의 기질을 폭탄처럼 안고 있다고 믿었다. 나라를 빼앗겼다는 불만 때문에 공멸하는 길로 아무렇지 않게 향할 자들이었다. 밑바닥 계급의 인간들은 심지어 황실과 양반 지배층이 나라를 지켜내지 못했다며 자기들이 중심이 되어 조선총독부를 뒤집고 권력을 얻겠다는 말을 지껄였다. '3·1폭동'의 성격이 바로 그랬다. 그러니 일본 정부가 아무리 손을 내밀어봐야 허사였다. 저들은 내지인들과 협력하고 융화할 생각 따위는 일절 없었다.

조선에 대한 무력 지배가 문화 통치로 전환되면서 헌병 철수와 함께 교쿠지츠는 일본으로 돌아와야 했다. 자신의 자리까지 덩달아 박탈당한 불쾌함을 안고 귀국한 교쿠지츠는 얼마 전부터 가메이도 서에서 노동운동 관련자들을 매의 눈으로 주목하고 있었다. 이전에 쌀 폭동을 주도했던 자들이 요즘엔 노동운동이라면서 평범하고 선량한 사람들을 선동하고 있었다. 이들을 잡아 처분하면 특진이 따라왔다. 자신의 육감을 믿는 일이 출세를 위한 지름길이기도 했다. 마음의 사명을 충실히 이행하면 포상까지 이어졌다.

올해 초 황태자가 저격을 입은 일로 정국이 어수선했다. 새로운 신당이 나타나 국민들에게 지지를 받기 시작했고 추밀원 중심의 내각은 퇴진 위기를 맞고 있었다. 교쿠지츠는 '다이쇼 데모크라시'도 쇠퇴에 접어들고 있다고 판단했다. 어설프게 떼쓰는 자들이 날뛰지 않게 하는 일은 경찰의 기본적 임무였다.

*

달출과 평세는 미야와키를 따라 세이토 마을에서 이어지는 뒷산을 오르고 있었다. 미야와키의 오랜 손님이 사는 외딴 마을로 가는 지름길이었다. 이 길은 미야와키밖에 몰랐다. 그가 자주 오가며 자기 걸음으로 다져 만들어낸 샛길이기 때문이다. 이 길을 오를 때마다 언제나 없는 길을 새로 내어 가야 하는 것이 자기 삶과 비슷하다고 생각했었다. 그래도 오늘은 길벗과 함께였다.

세 청년은 자경단이 마을을 빠져나갈 때까지 산속 동굴 안에서 잠시 몸을 숨기기로 했다.

'부디, 아무도 이곳을 모르길.'

언제나 다른 사람들에게 보이지 않는 곳에서 삶을 이어갔던 세 청년은 이번에야말로 눈에 띄지 않을 수 있길 간절히 기도했다.

마을 쪽에서는 계속 총성과 비명이 들려왔다. 다른 곳에서 호송되어 온 사람들까지 세이토 마을로 모여들고 있었다. 미야와키는 가까운 곳에 군부대가 있어서 호송된 사람들이 군부대나 인근 형무소로 이동하는 것 같다고 추측했다.

산을 오르는 길가에 시체가 쌓여 있었다. 간밤에 호송된 사람 중 일부를 즉각 처형해 매장하려는 모양이었다.

—형님! 저기……!

평세가 가리킨 손끝을 보며 달출도 눈이 커졌다. 당장이라도 달려가 그가 태안이 아니란 걸 확인하고 싶었다. 뒤엉킨 시체들 틈에서 태안이 목발 삼아 들고 있던 나뭇가지와 익숙한 짚신, 그리고 다리가 보였다. 믿고 싶지 않았지만 그 다리에는 태안이 사용하던 보장구가 붙어 있었다.

조금 떨어진 곳에서 군인으로 보이는 자들이 뒤엉킨 시체를 구덩이 안에 함부로 밀어 넣고 흙으로 뒤덮는 것을 지켜보며 평세와 달출은 소리 죽여 우는 일밖에 하지 못했다.

평세는 적어도 파출소에서는 안전할 것이라 믿으며 태안을 그곳으로 보낸 것을 후회했다. 달출은 꼭 돌아오겠다고 태안에게 굳게 약속한 일이 거짓말이 된 것에 애통해했다. 두 사람은 태안의 죽음을 보며 계속 자기 가슴을 쳤다.

평세가 눈물을 훔치며 동굴 입구에서 망을 보는 사이 달출과 미야와키는 무기를 만들기 시작했다. 미야와키는 사요에게 받은 단도를 꺼냈다. 달출은 나무를 주워 와 버려진 자전거 바퀴에서 빼낸 고무를 나무 끝에 매달아 새총을 만들어 두 사람에게도 건넸다. 화살이 필요했다. 단도를 화살처럼 쏘려 생각해보니 달랑 하나뿐이었다. 미야와키가 온갖 약재가 가지런히 담긴 짐 속에서 작은 꾸러미를 꺼냈다.

평세는 필사적으로 눈을 감고 있었다. 피난을 떠나오는 길, 달출 형님과 미야와키에게 어쩔 수 없이 몸이 닿았고 원치 않았지만 모두의 마지막 순간을 보았다. 달출 형의 마지막 순간은 다시 어두운 풍경으로 바뀌어 있었다. 줄곧 검은 옷을 입은 사람이 보였다. 평세는 처음으로 자신의 죽음까지 마주한 것 같은 기분에 사로잡혔다. 상대의 마지막 순간은 보았지만 자신의 마지막을 보는 능력까진 없었다. 하지만 검은 옷을 입은 그 사람을 죽이는 순간, 자신도 그를 막아내고 죽으리라 평세는 각오했다.

말 위에 올라 주변을 수색하던 교쿠지츠는 몇 걸음 앞에서 뛰어가는 사냥개를 가만히 지켜봤다. 수풀 사이에 나뭇가지가 꺾인 길을 예리하게 찾아냈다. 누군가 지나간 흔적을 쫓아 언덕에 오른 뒤 교쿠지츠는 숨어 있는 자들의 인기척을 감지했다. 불온한 조선인들이 가까이 있었고 이들을 제 손으로 처분해야 할 순간이 다가오고 있었다. 이번 성과를 인정받아 조선으로 돌아가도 좋았고 경시청 본부로 발령받아도 좋을 거였다.

교쿠지츠는 한군데 수풀을 헤치기 시작하는 사냥개를 조용히 자제시켰다. 그의 코는 사냥개보다도 예민하게 타깃을 인지했다. 그는 조용히 그곳을 지나쳤고 사람들을 몇 명 더 소집해 돌아올 계산을 했다. 일머리가 없는 놈들이나 아무도 보지 않는 곳에서 조용히 일한다. 자신의 활약을 지켜볼 관객을 몇 명쯤 데려와야 했다. 잠시 후 벌어질 화려한 무대에 벌써 가슴이 부풀기 시작했다.

해외로 떠나 있던 아나키스트 오스기 사카에가 입국한 모양이었고 비밀경찰, 아마카스 특고과(特高課) 놈들이 이참에 이들을 처형하려고 노리고 있었다.[15] 특고과에게 질 수 없었다. 가메이도 경찰서에 기병대 13연대도 들이닥쳐 오늘내일 사회주의자들을 처형한다는 소문도 들었다. 교쿠지츠는 이들보다 자신이 돈보일 실적을 궁리하느라 애가 타고 있었다. 자신이 처형한 놈들이 의병이나 아나키스트, 혹은 천황 암살단이었다는 이야기가 붙어도 좋을 듯했다.

동굴 밖에서 들려오는 소리에 잠시 숨을 죽였던 세 청년은 다시 머리를 맞댔다. 소지품 중에 무기가 될 만한 것들을 꺼내놓기 시작했다. 조용히 숨었다가 피신하는 건 어려울 거란 예감이 또렷해졌다. 개와 말이 그냥 지나쳤을 리가 없다. 곧 자경단이든 경찰이든 누군가를 데리고 돌아올 터였다.

미야와키의 짐 속에서 비상식량용 깡통 통조림이 나왔다. 탈출은 잠시 멈칫했다. 요 며칠 하도 폭탄 얘기를 들어서인지 폭탄인 줄로만 알았다. 미야와키가

통조림을 손에 들어 보이자 정말 무기 같았다. 평세가
고개를 저었다.

—조선인이나 부락민이 이걸 들고 있으면 영락없이
폭탄으로 보일 겁니다. 그렇지 않아도 불온한 놈들이
라고 이 난리인데요. 시간을 벌며 도망칠 수도 있겠지
만 저들의 편견을 확신으로 바꿔줄 필요는 없잖아요.

미야와키도 손에서 통조림을 거두고 짐 속에 다시
넣으려 했다. 그 순간 달출이 미야와키의 손에서 통조
림을 받아 들었다. 태안이와 장군이를 위한 작은 복
수가 필요했다. 달출은 통조림을 양손에 꼭 쥐고 잠시
숨을 들이쉰 뒤 미야와키와 평세에게 말했다.

"그려서 암것도 안 하면 그땐 믿어준대냐?"

평세가 달출의 말을 손짓으로 통역해 미야와키에게
전했다. 달출이 통조림을 허리춤에 돌돌 말아 넣었다.
경찰이나 헌병대 앞에서 보였다간 일이 커질 수도 있
었다. 하지만 잠시 위협적인 장면을 연출할 수도 있을
터였다. 걱정하는 평세를 보며 달출이 억지로 웃어 보
였다. 눈물이 맺혀 있었다.

"어떠냐? 이 형님, 의열단 같지 않냐?"

세 사람은 서둘렀다. 마을 반대쪽으로 향하며 언덕을 내려가기 시작했다. 사냥개보다 먼저, 말보다 빠르게 움직여야 했다. 언덕 반대쪽에서는 비명이 계속 울려 퍼지고 있었다. 달출과 평세는 머릿속을 파고드는 조선말에 정신을 다잡아야 했다. 울화가 터져 미칠 것 같았다.

"살려줘!"

"제발, 살려줘요!"

"살려주십시오!"

"아이고, 어머니!"

죽기 직전 조선인들이 마지막으로 남기는 이 말의 뜻을 이해하는 이는 거의 없었다. 어떤 자는 이를 조선인들끼리의 암호일지도 모른다고 의심하기도 했다.

교쿠지츠는 자경단원들을 동굴 앞으로 데려와 입구를 둘러싸게 지시했다. 아직 깊은 어둠이 드리우진 않았지만 밤까지 이어질 수색에 대비해 모두 횃불을 밝히고 있었다. 낮 동안 언덕엔 수많은 사람으로 가득했다. 긴장감이 만들어낸 정적이 묵직하게 자리 잡았다. 교쿠지츠가 말안장에 앉아 자치회장과 자경단원들에게 손짓했다. 동굴 입구에 흩어져 있던 이들이 민첩하게 움직여 동굴 앞에 나뭇가지를 쌓고는 불을 붙였다. 무기를 각자 손에 꽉 쥔 자경단의 얼굴도 이내 긴장으로 굳었다. 연기와 불에 얼마나 견디나 보자. 곧 튀어나올 조선인들을 놓쳐선 안 됐다. 동굴 안쪽에서 바스락거리는 작은 기척이 새어 나왔다. 그 순간 모두 몸을 낮췄다.

"으앗!"

검은 덩어리 하나가 동굴 밖으로 뛰쳐나왔다. 튀어 오른 것에 가까웠다. 몸에 불이 붙은 토끼 두 마리와 쥐 몇 마리였다. 작은 동물들이 몸을 비틀며 나오자 가장 앞에 있던 사람이 작은 그림자에 놀라 비명을 터뜨렸고, 그의 비명에 뒤에 서 있던 사람이 놀라 허공에 무기를 휘둘렀다. 온몸에 불이 붙은 토끼를 누군가 발로 찼다. 공중에 떠오른 타오르는 토끼의 목을 누군가 일본도로 내리쳤다. 작은 덩어리가 바닥에 구르자 사람들이 안도의 웃음을 터뜨렸다.

교쿠지츠는 바보 같은 군중들 등 뒤쪽으로 그림자가 움직이는 것을 노려보고 있었다. 그는 수풀 사이에

언뜻 드러났다 사라진 달출의 옆얼굴을 알아봤다. 옷은 바뀌어 있었지만 조선 놈들이었다. 저자는 반드시 자기 손으로 처단해야 했다.

교쿠지츠가 달출과 평세를 마주친 것은 이번이 처음이 아니었다. 지진 발생 당일, 순찰을 나섰던 교쿠지츠는 스미다 지구 쪽 파출소 앞에서 조선인 청년들과 마주쳤다. 다리를 저는 놈이 파출소 안쪽에 들어가자 주민들이 항의했다. 이 난리 통에 조선인을 먼저 보호하다니 도대체 어느 나라 경찰이냐는 거였다.

이럴 때 감정적인 태도를 일시에 잠재우고 공권력이 정한 법과 규칙에 주민들이 자발적으로 따르는 순간을 만들어내는 것이 필요했다. 그게 교쿠지츠의 사명감이었다. 이럴 땐 물리적 위압감을 통해 제압할 수밖에 없었다. 파출소 앞에서 항의하는 사람들에게 본보기를 보여줄 필요가 있었다. 조선인 하나를 골라 직접 처형하려 했다. 상부에서도 슬쩍 장려하고 있었다. 아나키스트들과 한편이 되어 천황 암살을 노리던 조선 놈이라고 말하면 성난 군중도 다독일 수 있다. 그 순간 달출과 평세가 경찰들에게 항의했다.

"여그서 조선인들을 보호하는 것이오, 아니면 구속해놓는 것이오?"

교쿠지츠는 항의하는 달출을 보고 그 자리에서 결정했다. 저놈을 처형해 본보기를 보여야겠다. 달출의 이름도 이력도 몰랐지만 조선인 주제에 당당한 저 태도는 아나키스트들과 한패라고 불러도 좋았다. 무조건 무사태평한 상태만을 평화라고 해석하는 주민들도 납득할 만한 태도였다. 달출을 처리하면 경찰이 치안을 위해 소란을 진압하고 있으며 일본인을 우선적으로 보호하고 있다는 인상을 줄 수 있다.

교쿠지츠는 일말의 주저 없이 성큼 다가갔다. 칼을 꺼낸 순간, 갑자기 번쩍하는 충격이 등을 엄습했다. 온몸에 전기가 흘렀다. 교쿠지츠는 기절하고 말았다. 눈을 떠보니 파출소 앞의 주민들도 흩어져 조용했다. 치욕적이고 모욕적인 순간이었다. 인생에 이런 일은 처음이었다. 무기까지 가진 조선인이 있었다니. 분명 그들이 자신을 주시하고 있었다.

같은 날 밤, 요츠기바시 다리 위에서 교쿠지츠는 달출을 한 번 더 마주했다. 그는 결박당한 다른 조선인을 풀어주면서 다리 입구 쪽을 향해 뭐라고 소리치고 있었다.

　"여그 오지 마시오! 형님들 힘껏 도망치시오! 살아서 만납시다!"

　그 순간, 교쿠지츠는 낮에 느꼈던 모욕감이 한층 증폭되는 것을 느꼈다. 자신이 직접 저놈을 끝장내지 못한다면 면이 살지 않는다. 계획한 대로 이 상황을 정리해 군중을 다스리지 못할 것이다. 도망치는 달출의 정면으로 교쿠지츠가 나섰다. 그 순간, 등 뒤에서 둔탁한 봉이 날아왔다. 낮의 실패로 한층 긴장했던 교쿠지츠는 이번에는 날아오는 봉을 피했고 몸을 돌려 상대의 무기를 잡아챘다. 그 순간 또 다른 무기가 다리 쪽으로 파고들었다. 다리가 꺾인 교쿠지츠는 그 자리에서 쓰러졌다. 무기를 지닌 조선인들이 이렇게 많다는 것을 실감했다. 그는 바닥에 놓인 돌에 정통으로 이마를 찧고는 쓰러졌다. 그날 두 번째로 기절했고 달출과 평세도 두 번째로 놓쳤다. 그 모욕감은 도저히 참아낼 수 없을 정도였다.

세 번째 조우는 오늘 낮이었다. 피혁 공장 뒤편에서 가정용 쓰레기와 함께 옷을 태우고 있던 아낙을 통해 그들의 존재를 느꼈다. 옷고름이 뜯어져 있긴 했지만 한눈에 조선 옷인 걸 알아봤다. 조선에서 파견되어 일했던 경력과 경험 덕분이었다. 교쿠지츠는 임산부 아낙이 조선인 청년들을 집에 숨겨주었다가 피난시켰음을 알아차렸다. 집 안을 뒤져보니 천장에 사람이 머문 흔적이 있었다. 피혁 공장 주인의 목소리가 큰 것을 보니 사회주의자인 모양인데 가메이도 경찰서로 돌아가면 합당한 처분을 내리기로 했다. 지금은 녀석들을 쫓는 일이 급했다. 통통배가 북상하는 것을 알아챘고 부하들을 이끌고 강을 따라 북쪽으로 이동했다.

그리고 이번이 네 번째였다. 교쿠지츠는 조선인 남자들과 얽힌 기구하고 끈질긴 운명을 느꼈다. 오늘 밤, 반드시 그를 잡아 모욕감을 해소하리라. 그는 두말할 것도 없이 사회주의자나 아나키스트 그룹과 관련이 있다고 교쿠지츠는 확신했다. 자신이 대표하는 국가의 위상에 상처를 냈기 때문이다.

'그런데 저들을 돕는 사람이 왜 이렇게 많단 말인가? 도대체 뭐 하는 놈이길래?'

교쿠지츠는 도무지 파악되지 않는 위협 앞에서 자존심이 상했다. 나라를 지키는 것이 자신을 지키는 일이며, 자신을 지켜야 나라도 지킬 수 있다고 믿었다. 국가와 자신은 한 몸이었다. 그러니 경찰인 자신을 조롱하고 위협하는 것은 곧 일본이라는 조국을 경멸하는 행위였다.

교쿠지츠가 말 머리를 돌려 자경단의 반대편으로 달려 나가기 시작했다. 놀란 사람들이 길을 열었고 몇 몇은 교쿠지츠를 뒤쫓았다. 말이 갑자기 멈춰 섰다.

*

달출과 교쿠지츠가 드디어 독대했다.

달출은 평세와 미야와키를 먼저 피신시킨 뒤 가장 후미에 남아 있다가 말발굽 소리를 바로 등 뒤에서 들었다. 재촉하던 걸음을 멈추고 통조림을 꺼내 높이 치켜들었다. 그 사이에 평세와 미야와키가 멀리 가길 바랐다. 시간을 벌어야 했다.

교쿠지츠를 뒤쫓아 왔던 자경단이 달출을 보고 멈칫했다. 사람들이 웅성거리기 시작했다.

"저 자식, 폭탄을 들고 있어!"

지시가 없었기에 자경단은 교쿠지츠보다 앞으로는 나아가지 않았다. 달출은 자신의 얼굴을 붉게 비추고 있는 횃불 불빛을 빤히 노려보았다. 열 걸음 정도는 벌수 있으면 좋겠는데……. 평세가 이를 스무 걸음, 백 걸음으로 만들며 멀리멀리 도망가길 바랐다.

'성이 자식, 돌아오면 안 되는데.'

평세의 울부짖는 소리가 미야와키에게 이끌려 멀어지고 있었다. 지난번에 셋이 힘을 합쳐 맞섰던 일곱 명과 비교하면 열 배 스무 배는 적이 많았다. 달출은 통조림을 든 양손을 더 높이 치켜들고 외쳤다.

"늬들은 죽어가는 사람이 마지막으로 살려달라고 애원하는 말도 못 알아먹냐!"

조선말이 전달될 리 없었지만 달출은 소리쳤다.

"이유도 모른 채 죽어가는 사람이 원통해하는 말을

어찌 그리 못 알아먹냐? 이유나 좀 알자고, 왜들 이러냐는 말은 일본어로 도대체 뭐길래 고걸 못 알아듣는단 말이냐? 늬들은 죽어가면서 엄니 부르는 사람 없느냐! 억울하게 죽어가는 사람은 뭐라고 말하면서 이생을 뜬단 말이냐?"

달출은 통조림을 한번 손으로 문지르며 주먹으로 꼭 잡았다. 군중의 시선이 달출의 손에 집중되어 있는 것을 느끼며 달출은 자경단의 한복판으로 통조림을 힘껏 내던졌다.

"폭탄이다!"

군중들이 아비규환의 아수라장을 이루며 흩어졌다. 교쿠지츠가 올라탄 말도 잠시 뒷걸음질을 쳤다. 이 상황에서 오로지 교쿠지츠만이 놀라지 않았다. 달출이 고작 통조림 깡통을 가지고 시간을 벌려는 수작을 부리고 있음을 금세 눈치챘다. 어차피 제방 공사나 공장이나 탄광으로 일하러 온 조선 놈들 처지로서는 먹고 자는 기본적인 일상조차 챙기기 어려웠다. 그런 이들에게 폭탄을 만들 여유가 있을 리 없었다. 조선인들이 폭탄을 제조해 화재를 일으켰다거나 우물에 독을 넣었다거나 여성들을 강간하고 다닌다는 말은 오직 치안 유지라는 명목을 위해 상부가 고심에 고심을 더해 고안해낸 말이라는 걸 교쿠지츠도 이미 알고 있었다.

사람들이 언덕을 구르며 혼비백산 도망쳤다. 말에서 내린 교쿠지츠는 천천히 통조림을 향해 다가가더니 손으로 주워 들고 흔들었다.

"고등어인가? 아니면 꽁치? 도망가다 따서 먹으면 비린내가 꽤 나겠는데?"

교쿠지츠의 등 뒤에는 자치회장들 몇 명만이 남아 있었다. 말이 연신 콧김을 내뿜고 있었다. 달출의 등 뒤에서 무기를 든 청년이 나타났다. 민호였다.

"너희들이었군. 내게 모욕을 준 놈들이. 넌 무슨 무기를 쓰는 거지?"

민호는 테이저건을 들고 달출을 엄호하며 서 있었다.

민호는 달출을 관찰하는 것 이상으로 그를 무사히 지키는 게 자신의 운명이 이곳에 이르게 된 이유라고 믿었다. 필사적으로 달출을 엄호했고 이제껏 네 번 정도 달출을 죽음의 위협에서 구해냈다. 처음에는 화재 현장에서, 두 번째는 파출소 앞에서, 세 번째는 요츠기바시 다리 위, 네 번째는 사요의 창고……. 그리고 그때마다 이상하게 눈앞에 같은 사람이 나타났다. 교쿠지츠는 아무래도 끝끝내 달출을 죽일 모양이었다. 만약 이곳에서 민호가 교쿠지츠를 죽이면 미래는 어떻게 변할까? 달출은 살아남을까? 역사는 바뀔까? 민호는 궁금해졌다.

"저 부장 경찰이 나를 죽이려고 계속 따라온단 말이지? 저승사자맹키로?"

달출이 민호에게 물었고 민호는 그렇다고 말했다.

같은 순간 나무 뒤에 숨어서 지켜보고 있던 다카야는 이 상황을 조금 다르게 보고 있었다. 다카야는 제일 처음 이곳에 도착했을 때 민호와 달출이 주민들에게 살해당해 강에 버려진 것을 목격했다. 가까이에서 이를 묵인하듯 지켜보던 경찰, 교쿠지츠도 보았다. 그날 이후 홀로 남은 다카야는 미래로 돌아가지 못한 채 과거에 살았다. 100년을 꽉 채워 노환으로 사망한 후 두 번째로 이곳에 돌아왔을 때, 화재 현장에선 무사히 벗어났지만 요츠기바시 다리 위에서 민호와 달출이 또 죽었다. 다리 위에서 교쿠지츠가 직접 달출을 처형하는 것을 보았다. 그때 민호는 마을 사람들을 규합해 역사를 바꾸려 했지만 실패했다. 그리고 세 번째 루프, 사요의 집에 숨어 있던 달출과 평세가 경찰에게 발각되었다. 두 청년과 미야와키, 그리고 사요까지 모두 그 자리에서 처형당했다. 가는 곳마다 달출을 처형한 것이 바로 저 부장 경찰, 교쿠지츠였다. 다카야는 깨달았다. 미래에서 온 자신들이 아무리 과거를 바꾸려 해도 어차피 교쿠지츠는 이들이 벗어날 수 없는 처형자이다. 달출은 그의 손에 죽는다. 한 번 일어났던 역사는 바꿀 수 없다.

교쿠지츠가 달출에게 조금씩 다가섰다.

"도대체 넌 누구길래 이렇게 많은 자가 따르는 거지? 무슨 조직의 우두머리인가?"

교쿠지츠는 달출의 허름한 일본식 옷차림과 허술한 변장을 노려봤다. 교쿠지츠는 달출의 당당한 모습을 보고 예감했다. 변장했지만 조선인 중에서도 꽤 중요한 인물이라고 생각했다.

"조선에서 유명한 놈이거나 망한 조선의 황족이라도 되나?"

교쿠지츠의 상상은 점점 부풀었다. 오늘 그를 살려 뒀다간 달출이 백정들이나 부락민들까지 선동해 해방 운동이라도 벌일지 모른다. 어쩌면 조선인들을 이끌어 소동과 폭동을 벌일지도 모르고 총독부를 전복시키려 할지도 모르고 또 총리와 천황을 암살하려 할지도 모른다. 그렇게 손쓰지 못하게 되었다간 어느 날 조선이 독립하겠다고 날뛰는 혼란이 올지도 모를 일이다. 그러니 일어나선 안 될 일을 교쿠지츠는 제 손으로 막기로 했다. 달출의 미래는 여기서 끝나야 했다.

달출은 당당했다. 이미 여러 번 죽을 뻔했고 자신이 죽어야 한다면, 그래서 미래가 사라진다면 저들도 똑같이 대가를 치러야 한다. 달출은 각오했다. 민호의 말을 듣고 달출은 계속 상상했다. 일본의 압제는 반드시 끝난다. 백정도 떳떳하게 세상의 일원이 되고 부락민도 당당하게 자기 고향을 밝히는 세상이 올 것이다. 상대가 백정이든 부락민이든 고생 많았다고 서로 인사를 건넬 것이다. 설령 말은 조금 안 통해도 마음은 잘 통하는 세상에서 사람들이 함께 밥을 나눌 것이다. 그런 미래가 허락되지 않는다면, 이 미래를 망쳐버릴 자들도 대가를 치러야 한다.

교쿠지츠는 총을 꺼내 즉각 발포했다. 이렇게 가까이에서 총을 본 것은 처음이었지만 달출은 동물적인 감각을 발휘했다. 뒤로 물러서도 소용이 없으리라 느꼈고 반사적으로 오른쪽으로 몸을 날렸다. 꼬꾸라지며 나뒹군 뒤 간신히 몸을 추스르고 고개를 들었다. 그러자 총구를 겨누며 교쿠지츠가 자신을 향해 똑바로 걸어오고 있었다. 그의 등 뒤를 자경단이 엄호하고 있었다. 교쿠지츠의 얼굴이 횃불의 불빛으로 검붉게 번뜩였다. 등 뒤에도 공권력의 하수인들이 현장을 훤하게 밝히고 있었다.

—형님!

달출은 멀리서 어두운 그림자가 달려오는 걸 보았다. 평세였다.

'성이, 이 자식 진짜 못 말리는 녀석이네. 나의 열 걸음을 너의 스무 걸음으로 만들어서 도망치라고 했제. 살아남으라고 했제!'

교쿠지츠의 쭉 뻗은 손에서 총이 튀어 올랐다. 공중
에 떠오른 총이 바닥으로 떨어졌다. 교쿠지츠를 향해
돌이 날아들고 있었다. 평세가 교쿠지츠를 향해 새총
을 날리며 달려왔다. 반대쪽에서 또 다른 그림자가 달
려왔다. 미야와키였다. 미야와키가 달출에게 단검을
건넸다. 달출은 자신의 옷고름을 풀어 손잡이를 감쌌
다. 이자의 미래를 끝내는 건 자신이어야 했다.

평세와 미야와키가 동시에 달려들어 쓰러진 교쿠지
츠를 억눌렀다. 두 사람이 교쿠지츠의 팔과 다리를 각
각 붙잡았다. 달출이 몸을 일으켜 교쿠지츠에게 다가
갔다. 달출의 손에는 그가 언제나 입고 있던 저고리의
일부가, 부락민 사요가 피혁 공장에서 밤새워 일할 때
쓰던 단검이 들려 있었다. 칼 끝에는 약 행상 미야와키
가 비상용으로 품고 있던 소독용 맹독이 묻어 있었다.
모두의 삶이 들러붙어 엉킨 무기였다.

단검을 양손으로 소중히 감싼 달출이 공중으로 팔
을 치켜올렸다. 교쿠지츠가 드러누운 상태로 비웃음
을 날렸다.

"이거 봐. 결국 나 같은 경찰에게 이렇게 이빨을 드

러내니까 너희들이 불온하다는 말을 듣는 거야. 너희 짓거리가 알려지면 조선인들에게 아주 유리할 거야, 그렇지?"

평세가 달출에게 말을 전했다. 단검을 치켜든 상태로 달출이 움직임을 멈췄다.

ㅡ형님, 우리가 이자를 죽이면 영원히 오명으로 남을 거예요. 우리 같은 조선인이 경찰을 죽이고 불온하게 굴어서 일본인들이 어쩔 수 없이 막아야 했다는 말을 듣는대요. 형님, 억울하고 원통해요.

눈물이 맺힌 평세의 얼굴을 보며 달출은 온몸에 힘이 쭉 빠졌다. 어떻게 해도 옴짝달싹할 수가 없다. 이건 마치 개미지옥 속에 들어온 것이 아닌가. 이유도 없이 동료들과 가족들까지 죽임을 당했다. 경찰과 군이 앞장서 살육을 저지르며 평범한 사람들에게 다른 민족을 살해하라고 독려하고 있다. 이를 막으려 했더니 이게 바로 자신들이 조선인을 살육하는 이유라는 말이나 듣게 된다. 이유 없이 당하던 애초의 사정은 완벽히 지워진다. 당하다 당하다 참을 수 없어서 꿈틀댄 것이 학살의 근거가 되어 사람들의 뇌리에 오래 남는다. 다른 인간들을 잔혹하게 죽여놓고 그땐 그럴 만했다고, 그럴 수밖에 없었다고 착각하고 정당화하게 된다. 조선 인들의 마지막 발악이 학살의 원인을 제공하는 거다.

교쿠지츠의 어깨를 누르고 있던 평세의 손에서도 힘이 빠졌다. 어떻게 해도 도저히 이길 수 없는 싸움 이었다.

"내……, 내가…… 할, 할게……요!"

미야와키가 흔들리는 조선인들의 마음을 이해했고 달출에게 단검을 도로 달라고 손을 뻗었다. 평세와 달 출은 고개를 저었다. 부락민이 학살의 원인을 제공했 다는 말도 들어선 안 됐다. 부락민과 조선인을 싸잡아 다 같은 악한들이라는 말도. 그 대신 다른 말을 듣고 싶었다. 같이 싸웠다고, 그때 곁에 있었다고, 같이 울었 고 함께 버텼다고, 모두 저항했다고. 비록 여기서 죽더 라도 가진 것 없는 자들이 함께했다는 기록만은 남길 바랐다.

교쿠지츠가 천천히 몸을 일으켰다. 그를 억누르고 있던 힘은 천천히 약해졌다. 그는 더 의기양양해졌고 여유를 찾았다. 세 청년의 양심과 도의, 신의와 예의를 보면서도 상대가 힘이 빠져버렸다고 여겼다. 저들은 졌고 자신은 이겼다고 생각했다.

평세는 교쿠지츠의 미래가 천천히 바뀌는 것을 보았다. 그의 마지막 순간은 따듯하고 평온하고 활기에 가득 차 보였다.

교쿠지츠의 장례식장에서 그를 추모하는 노인들이 추도문을 읽고 있는 모습이 평세의 시야에 떠올랐다. 모두가 애틋하게 교쿠지츠를 떠올렸다. 그 모습을 통해 교쿠지츠가 이후에 어떻게 살다 죽는지 가늠할 수 있었다.

교쿠지츠는 원하던 만큼 크게 출세하지는 못했지만 끈질기게 가해자 편향적 활동을 이어갔다. 도쿄 세타가야구(區)에선 학살에 참여한 자들이 지진이 일어난 다음 해에 기소되었다가 풀려났다. 교쿠지츠는 법정에 증인으로 참석해 이들을 변호했다. 재난 당시 사실관계조차 제대로 파악할 수 없던 여러 한계를 딛고 마을을 지키기 위해 분투했던 의인들이었다고 학살자들을 추켜세웠다. 몇 년 후 그 마을의 신사에 밤나무가 열세

그루 세워졌을 때 교쿠지츠는 구 의회에서 일하고 있었다. 그는 당시의 학살을 "마을 전체의 불행"이었다고 묘사했다. "걷잡을 수 없는 유언비어에 휘둘렸던 우매한 서민"에 대한 안타까움을 표하며 민중에게는 책임을 물을 수 없다고 지적했다. 그러나 진짜 책임질 사람에 대해서는 언급하지 않았다. 물론 자기 자신을 포함해.

살해 혐의로 기소되어 고생했다 풀려난 사람들을 기리는 수목식 기념 행사에도 교쿠지츠는 참여했다. 기념식에는 세타가야 지역의 가라스야마 자치회에서 여럿이 참석했다.

그는 구 의회에서 일하며 몇 가지 일을 은밀하지도 않게 진행했다. 당시의 학살을 기록한 학생들의 수기를 검열해 삭제했으며, 참담한 일화 대신 당시에 조선인을 도와줬다는 일부 일본인의 사례를 취합해 대대적으로 보도 자료를 만들어 유포했다. 가해자들이 침묵 속으로 은신해버렸고 후세 일본인들은 미담을 대단히 기꺼워했다. 이런 미담은 나중에 가해 책임을 외면하는 순간에 적절하게 활용됐다. 공권력이 적극적으로 유포한 미담 사례 중에는 사회주의자나 부락민의 사례는 없었다.

나이가 지긋해진 뒤, 경찰 업무 및 구의원 일에서 은퇴한 후에도 교쿠지츠는 간토 각 지역에서 피해자들의 넋을 기리는 위령비가 세워지는 일을 찾아다니며 방해했다. 시민사회 단체가 아라카와강 제방 둑에 은닉된 시체 발굴을 시작하자 굴착기 옆에 서서 쓸데없는 일을 하지 말라고 소리친 사람 중에도 교쿠지츠가 서 있었다. 매년 조선인 학살 피해자 위령제가 열리는 요코아미초 추모 공원 뒤편에서는 확성기를 들고 이곳이 누구를 위한 나라냐고 울부짖었다. 나라에 헌신한 자신들의 희생을 헛되게 하지 말라고 외쳤고 그때마다 그는 큰 박수를 받았다. 학살 현장에서 박수받았을 때처럼 그는 나랏일을 하고 있다고 자부했다. 100년이 지나도 학살은 꽤 성공적으로 은폐되었다.

교쿠지츠는 사람들의 존경이 담긴 회고담을 들으며 평온하게 떠났다. 장례식장에서 사람들이 조용히 말했다.

"자칫하면 아시아판 홀로코스트라는 말을 들을 뻔했어."

"인종 청소를 벌였다는 말을 듣지 않은 게 어디야."

실상을 잘 은폐하는 일이 모두를 위한 일이라고 믿는 사람들이 교쿠지츠의 마지막 순간을 예를 다해 배웅했다.

평세는 교쿠지츠의 마지막 순간을 통해 이 학살이 잦아든 뒤에도 계속 이어질 참혹한 미래를 보았다.

*

사요는 배를 찾으러 길을 떠날 준비를 했다. 혹시라도 세 청년들이 주린 배를 안고 어딘가에 숨어 있을지도 모른다는 생각에 주먹밥을 잔뜩 만들었다. 상하지 않도록, 땀 흘린 자들에게 적당하도록 평소보다 소금을 듬뿍 넣었다.

집을 나서 얼마간 걷던 사요는 골목 끝 선술집 앞에 앉은 남자들과 마주쳤다. 타인의 생명을 도륙하느라 밤을 지새운 남자들이 술상 하나에 둘러앉아 잔을 나누고 있었다. 피로 물든 옷, 오물로 찌든 행색의 남자들이 피로한 얼굴로 서로에게 수고했다며 인사를 했다. 남자들이 술잔을 들이키곤 시원하게 땀을 식혔다. 사요는 남자들 주변에 놓인 소지품을 눈으로 훑었다. 아기 엄마를 변장시키느라 사용했던 자신의 소품이나 청년들에게 건넨 주먹밥 보자기 같은 게 있을까 봐 자꾸만 심장이 벌렁거렸다.

남자들이 둘러앉은 술상 앞을 지나던 순간 사요는 저도 모르게 숨을 삼키고 입을 틀어막았다. 남자들의 땀내가 역했다. 도대체 뭘 위해 흘린 땀이냐고 호통을 치고 싶었다. 소금으로도 만들 수 없을 땀이다. 배 속에서 메스꺼움이 치솟았다.

"아니, 이 여자가 뭐 하는 거야?"

구역질을 꾹 참으며 지나치던 사요는 남자들의 술상 위에 울컥 구토하고 말았다. 벌떡 자리에서 일어나며 남자들이 야유와 탄식을 터뜨렸다. 사요는 짐과 함께 멀찍이 내던져지며 욕지거리를 들었다. 입을 닦고는 사요는 조금 웃었다. 속은 후련했다. 남자들에게 욕을 먹으며 사요는 슬펐고 또 기뻤다. 이들과 앞으로도 같이 땀 흘리며 살아야 할 생각에 슬펐고 이들과 같은 선택을 하지 않아 전혀 다른 땀을 흘렸단 사실에 기뻤다.

사요는 나뒹구는 보따리를 집어 들고는 강을 따라 홀로 북쪽을 향해 걷기 시작했다.

아기 엄마와 아기, 그리고 세 청년이 무사히 피신했길 바랐다. 그러니 재회하지 않아도 좋았다. 세 청년에게 가져다줄 주먹밥을 따로 남기지 않아도 되리라. 가는 길에 물과 음식이 필요한 사람을 만나면 건네게 될 거였다. 여기저기에 숨죽이고 숨어 있는 꽤 많은 이를 만나게 될 거란 예감이 들었다. 내 이웃들은 도대체 무슨 짓을 한 건가. 미안하다는 말 정도로는 형용할 수 없는 끔찍함에 마음이 무거웠다.

사요의 걸음이 보따리 짐의 무게만큼 조금씩 가벼워졌다.

*

달출은 몸을 떨었다. 지렁이도 밟으면 꿈틀하는데 조선인들은 꿈틀하지도 못한다. 살려달라는 절규조차 제대로 전달되지 않는다. 한마디도 할 수 없고 한 발짝도 움직일 수 없어 좌절했다. 맞아 죽고 찢겨 죽어도 움직일 수 없다. 이곳이 바로 지옥 아닌가. 죽은 후에 가게 될 지옥에서 더 평안할 것 같았다. 달출의 손에서 단검이 바닥으로 떨어졌다. 미야와키도 이를 차마 집어 들지 못했다. 교쿠지츠가 총을 주워 들었다. 평세의 앞을 막으며 달출이 나섰다.

—형님!

달출 형님이 없었으면 평세는 일본으로 오는 배 위에서 진즉 삶을 포기했을 거였다. 달출은 평세에게 살아도 된다고, 같이 살자고 말을 걸어주었다. 평세가 달출 앞에 나섰다. 달출이 이를 막으며 다시 앞으로 나섰다.

"여그까지 와서 죽으면 참말로 억울해서 쓰겄냐. 같이 살장께. 억울하지 않게 말이여."

—달출 형!

두 청년을 보며 교쿠지츠는 어처구니가 없어 코웃음을 쳤다. 멍청한 두 조선 놈들이 앞다투어 자기 앞으로 오고 있다. 이 극악무도한 적들은 이미 패배했다. 폭탄이 아닌 걸 깨닫고 뒤늦게 다시 자경단이 돌아왔다.

드디어 자기 손으로 상황을 정리하게 됐다. 그는 한

껏 자세를 잡으며 말에 올라탔고 멋을 부리며 일본도를 꺼내 들었다. 교쿠지츠는 자치회장에게 손짓해 주변에 서 있는 관객들이 나서지 않도록 했다. 천황 암살을 계획한 간교한 조선인 아나키스트들을 처형하는 무대, 이곳에선 자신이 주인공이어야 했다.

교쿠지츠가 한껏 자세를 잡고 일본도의 날을 세워든 그 순간이었다. 그때 새들이 일시에 하늘을 새까맣게 뒤덮었다. 강에서 물고기들이 튀어 올랐다. 줄지은 쥐 떼가 나타났다. 인간보다 감각이 예민한 놈들이 서둘러 이동하기 시작했다. 생존할 수 있는 환경이 아니면 곧바로 자신들의 땅을 버리는 동물적인 감각이 발휘되고 있었다. 인간 사회의 지위나 권력, 편견 따위와는 거리를 둔 감각이었다. 지진보다 더 큰 흔들림을 감지한 듯 이곳의 동물들이 인간들을 등지며 흩어지기 시작했다.

가까운 곳에서 비둘기 떼가 일제히 날아올랐고 무수한 비둘기가 지면으로 툭툭 떨어지며 사방에 흩어졌다. 다리에 흉흉한 소식을 감고 있던 전서구 부대 비둘기 중 부대 안으로 들어가지 못한 비둘기들이었다. 목표 장소에 도달하지 못한 많은 비둘기가 방치되었으나 이는 군의 관심이 아니었다. 굶주린 비둘기 수백 마리가 폐허를 헤집고 검게 탄 고깃덩어리라도 발견하면 쪼아댔다. 조선인들이 숨었다며 움막이나 창고에 불을 붙이는 바람에 화상을 입은 죄 없는 가축들도 신음했다. 동물들은 제 몸에 남의 피를 묻히고 역한 냄새를 풍기는 인간들을 피하며 배회했다.

교쿠지츠가 타고 온 말 앞에서 불꽃이 튀었다. 쥐 떼가 만들어낸 검고 긴 행렬을 보고는 털에 불이 붙어 동굴에서 뛰쳐나왔던 토끼가 쓰러져 있다가 정신을 차리고는 펄쩍 뛰어올랐다. 앞이 보이지 않는 듯 토끼가 버둥거리며 몸을 비틀었다. 숨이 끊어지기 직전, 횃불 앞으로 나온 토끼가 버둥댔다.

야생 들개들이 사방에서 짖어대더니 일제히 모여들기 시작했다. 들개들 무리의 맨 앞에는 목에 옷고름을 단 개 한 마리가 맹렬한 기세로 짖고 있었다. 태안이 돌보았던 장군이었다. 무사들의 사냥 연습 이누오우모노 도중 화살을 맞고 탈출했던 떠돌이 개. 장군이는 훈련이란 명목으로 상해를 입고 도주한 다른 들개들까지 이끌고 교쿠지츠 앞으로 달려 나갔다. 태안이 다친 개를 발견했던 날, 장군이의 목에 매달렸던 화살촉은 교쿠지츠의 것이었다. 원래 전통놀이인 이누오우모노는 끝을 뭉툭하게 만든 활을 사용해 사냥 훈련으로만 활용했으나 교쿠지츠는 실제 활을 사용해 무참한 살상 훈련을 일삼았다. 장군이는 자기 목에 화살을 꽂은 인간이 교쿠지츠라는 것도, 자신을 치료해주었던 태안이 교쿠지츠에 의해 살해당한 것도 똑똑히 기억했다.

장군이는 매번 인간을 따랐다. 한때는 교쿠지츠를 따랐고 나중엔 태안을 따랐다. 장군이는 언제나 인간의 뜻에 따라왔지만 목숨을 건 복수는 온전히 자신의 의지였다. 교쿠지츠가 올라탄 말을 향해 장군이가 길게 포효했다. 장군이와 야생 들개들이 한꺼번에 교쿠지츠를 향해 달려갔다.

교쿠지츠의 다리를 물어뜯으려 개들이 달려들자 깜짝 놀란 말이 앞발을 치켜올렸다. 나흘간 먹지도 마시지도 쉬지도 못하고 이동하며 혹사당한 교쿠지츠의 말은 종일 입에 거품을 물고 있었다. 가혹한 부림 때문에 땀에 피가 배어 나오고 있었지만 교쿠지츠는 말의 피땀을 볼 때마다 신화 속 장수라도 된 양 자랑스러워했다. 하루에 천 리를 달리며 피가 섞인 땀을 흘리는 명마 '한혈마'는 중국의 전설적인 장수가 탔다고 전해지는 말이었다. 교쿠지츠는 말이 흘리는 피가 자신을 장수로 만들어준다고 여겼다.

들개를 피하며 몇 발자국 뒷걸음질 치던 말은 이내 다리가 꺾였다. 말의 육중한 몸체가 공중에서 휘청이자 사람들이 사방으로 흩어졌다.

무대 중앙에서 한껏 관객의 시선을 느끼며 절정을 즐기던 교쿠지츠는 언제나 온순히 복종하던 말이 등 위에 올라탄 자신을 내동댕이칠 줄은 몰랐다. 바닥에 떨어진 교쿠지츠의 몸 위로 말이 고꾸라지며 교쿠지츠를 깔아뭉갰다. 우지끈, 하며 뼈가 부서지는 소리가 났다. 말은 힘겹게 마지막 숨을 들이쉬었고 땅에 피가 흥건하게 번졌다. 교쿠지츠가 들고 있던 칼에 찔린 모양이었다. 말 아래 깔린 교쿠지츠는 고통스러운 표정 속에 분함과 아쉬움이 뒤섞인 채 호통을 쳤다.

"이놈들······! 이러고도 무사할 것 같으냐! 너희들이 야말로 영원히 역사에 남을 적이 될 거야!"

고통에 신음하며 호통치는 교쿠지츠를 지나 달출은 장군이에게 다가갔다. 장군이를 한참 끌어안았다. 포효를 멈춘 장군이가 달출의 품에 안겨 가만히 있었다. 달출은 여전히 장군이의 목에 걸려 있는 태안의 옷고름을 반듯이 펴주고 등을 쓰다듬었다. 태안을 따라 이곳까지 왔을 장군이에게 달출이 인사했다.

"장군아, 마지막까지 우리 태안이를 지켜주어서 고맙다."

장군이가 다른 야생 들개들과 함께 멀어지는 것을 달출은 태안을 배웅하듯 바라보았다. 장군이 곁에서 태안이가 함께 걸어가는 것처럼 보였다. 태안과 장군이 세 청년에게 인사하고는 천천히 멀어졌다. 장군이 곁에서 형들에게 인사하며 환하게 웃는 태안의 표정이 선했다. 달출은 자꾸만 뒤를 돌아보는 장군이를 향해 어서 가라고 손을 내저었다.

평세는 교쿠지츠의 미래가 바뀌고 있음을 예감했다. 가지고 있던 물병을 꺼내 죽어가는 말의 목을 축여주고 나머지 물을 검게 타오른 토끼와 쥐의 몸에도 부어 주었다. 미야와키가 교쿠지츠 앞에서 두 손을 모았다. 여기서 그를 도울 순 없었지만 안타까운 사고를 눈앞에서 목격한 자로서 최소한의 예의를 다하고 싶었다.

세 청년은 그의 최종 처분을 등 뒤에 남기고 언덕을 내려가기 시작했다.

그때 언덕을 막 오르는 아이들이 세 청년 곁을 스쳤다. 열 살 안팎의 아이들이 네 명, 어린 동생의 손을 잡아 이끌며 아이들이 산을 올랐다. 고사리 같은 손에는 끝이 뾰족한 장대를 쥐고 있었다. 모두들 아버지를 부르고 있었다.

"아버지!"

"우리도 아버지를 도우러 왔어요!"

"사냥이다! 나쁜 놈들을 우리 손으로 무찌르자!"

하얀 종이처럼 무구하기에 주변의 작은 때도 금방 묻어버리는 아이들의 천진한 목소리가 세 청년의 등 뒤에서 들려왔다.

근데 조센징은 어떻게 생겼어?

도깨비처럼 생겼어?

뿔이 있대?

아버지가 그러셨어.

아주 질이 나쁜 놈들이라 한눈에 알아볼 수 있대.

더럽고 냄새나고 못생겼고 화를 내고 있고 폭탄을 들었대.

일본인들을 죽이고 다니느라 온몸이 피범벅이래!

징그럽고 거짓말도 하고 불을 지르고 털이 많대.[16]

아이들은 집에서 혹은 동네에서 들었던 이야기를 고스란히 반복하고 있었다. 공권력의 유언비어를 고스란히 반복해 투과시키던 어른들과 똑같았다.

아이들의 흥분한 목소리를 들은 평세와 미야와키는 좌절했다. 처참한 학살 행렬은 대를 이을 것이다. 도덕의 마비는 다음 세대에도 작동할 것이다. 곁에서 평세의 낙담한 마음을 알아본 달출도 함께 절망했다.

"오니[17]다! 아니, 조센징이다!"

"한 마리도 남김없이 죽여라!"

"착한 오니를 만나더라도 모두 죽여버려야 해!"

한 아이의 목소리에 청년들은 발걸음을 멈췄다. 아이들은 죽은 말에 깔려 숨을 헐떡이는 교쿠지츠를 곧장 발견했다. 교쿠지츠는 뼈는 부서졌지만 숨이 끊어지지는 않았다. 교쿠지츠가 아이들을 향해 무언가를 지시했지만 흥분한 아이들은 소리쳤다.

"으악, 더러워!"

"피투성이야!"

"너 이 새끼, 우리 일본인을 얼마나 죽인 거야!"

"앗, 이거 봐! 폭탄을 가졌어!"

교쿠지츠의 제복 모자는 날아갔고 경찰복은 피와 흙으로 뒤범벅이었다. 상반신까지 말의 몸통에 깔려 있어 어둠 속에서 그의 신분을 알아볼 상징은 눈에 띄지 않았다.

"우리도 아버지들을 돕자!"

아이들이 날카로운 장대 끝으로 교쿠지츠의 얼굴과 목을 찔러대기 시작했다.

"주인의 큰 은혜마저 잊다니, 용서할 수 없다!"

"죽어! 죽어!"

아이들은 순수하게 무자비했다. 교쿠지츠는 이윽고 숨을 거뒀다. 네 아이는 곧 집으로 돌아가 어른들의 은폐로 비호받을 것이고 죄의식을 배울 기회를 놓칠 것이며 죄악을 합리화하는 방법을 먼저 배울 터였다. 자신의 살육을 전래동화 속 나쁜 도깨비를 처치한 것처럼 정의로웠다고 착각하다 누군가의 비난을 듣고 혼란스러워할 것이다. 평세는 아이들에게 손을 대지 않았는데도 그들의 미래와 후손들의 미래까지 선명하게 보이는 것 같아 고개를 떨궜다.

돌아왔던 곳을 따라 세 청년은 다시 언덕을 내려가기 시작했다. 목적지는 없었지만 도착해야 할 안전한 곳이, 함께 싸우기에 평화로울 수 있는 곳이 자신들을 기다리고 있길 바랐다.

미야와키가 말한 곳에서 통통배를 발견한 사요는 상당히 가벼워진 짐을 안고 있었다. 많은 이를 만났다. 이웃의 악행을 저지할 힘이 자신에게 없는 것은 참담했지만 이런 날에는 자신이 내세울 것 없는 부락민이라는 것이, 남자들의 경멸을 받는 여자라는 것이, 누

군가의 눈치를 보지 않아도 좋을 정도로 혼자라는 것
이 오히려 다행이고 자랑스러웠다. 남의 피를 뒤집어쓴
자들만이 일원이 되는 공동체라면 그런 곳엔 들어가
지 못하는 게 나았다. 스스로 떳떳할 수 없는 일이라
면 모두가 빠짐없이 가담한다는 이유로 덩달아 죄악
을 저지를 이유가 없었다. 공범자 의식 속에서 서로의
죄를 숨기며 위로받으며 살고 싶지 않았다. 아기 엄마
와 세 청년의 안부는 내내 걱정되었다. 사요는 우연히
자신을 스친, 이름도 제대로 묻지 못한 자들과 눈에 보
이지 않는 띠로 단단히 연결되어 있음을 느꼈다.

　가져온 연료를 넣고 통통배를 출발시키려던 순간 사
요를 부르는 목소리가 있었다. 세 청년이 지옥에서 돌
아오고 있었다. 사요가 지치고 상처 입은 그들에게 남
은 물과 주먹밥을 건넸다. 사요는 아무것도 묻지 않았
다. 세 사람의 얼굴에는 낙담과 절망이 흘렀다. 세 청
년이 배에 주저앉자 사요는 천천히 배를 몰기 시작했
다. 최대한 더 멀리 가야 했다.

　상상할 수 없었던 끔찍한 일들을 한순간에 목격했
다. 사람이 벌레 목숨보다 쉽게 죽어갔다. 아니 벌레를

죽일 때도 그것보단 얼굴을 찡그리겠다 싶은 살육이었
다. 살육 공동체, 저 평범한 일본인들이 악마가 아니라
는 것이 달출은 더 무서웠다. 저들은 피에 굶주린 살
인귀도 아니었고 병적으로 미친 사람들도, 도덕과 양
심도 없는 패악한 악귀도 아니었고, 지옥에서 올라온
악마도 아니었다. 지나가다 만났을, 어쩌면 친구나 동
료였을, 어쩌면 가족이었을, 어쩌면 함께 싸웠을, 자신
과 똑같은 사람들이었다.

　달출과 평세는 태안이 잠든 언덕이 작아져 더 이상
보이지 않을 때까지 계속 바라보았다. 이곳엔 법이 없
었고 도덕이 없었고 정의가 없었다. 이곳에서 만난 이
들을 같은 인간이라고 불러야 할 때마다 앞으로도 고
통이 밀려올 것을 직감했다.

　떠나온 언덕 반대편에서 기관총 소리가 연달아 울
려 퍼졌다. 부대로 호송된 사람들은 어떻게 되었을까?
달출은 불안한 마음을 억눌렀다. 잔인한 잔향을 남긴
언덕은 무덤 그 자체로 보였다. 자신들의 땅을 이방인
들의 묘지로 만들어버린 자들의 마을을 달출과 평세
는 등졌다. 천천히 몸을 돌린 달출과 평세는 이번엔 자

신들의 곁에 서 있는 미야와키와 사요를 바라보았다. 네 사람은 우연히 곁을 지나던 사이였지만 자신과 서로의 존엄을 위해 함께 맞섰고 쉴 수 있는 곳을 찾아 함께 향하고 있었다.

지금, 조작된 분노가 들끓지 않는 곳은 어디일까? 가까운 곳에 있을까? 사요는 잠시 생각한 후 북쪽으로 향하는 통통배의 속도를 높였다. 배가 쉬지 않고 검붉은 강물을 거슬러 오르기 시작했다. 검붉은 강 위에 네 사람의 그림자가 길게 늘어섰다.

민 호 와
다 카 야 의
네 번째 루프

교쿠지츠가 숨을 거두는 순간, 민호와 다카야는 멀지 않은 곳에 나란히 서서 이 장면을 지켜보고 있었다.

아이들이 날카로운 장대 끝으로 교쿠지츠의 얼굴과 목을 찔렀다.

"죽어! 죽어!"

아이들을 바라보며 민호는 좌절했다.

'이 죄악은 대를 잇겠구나. 기어이⋯⋯.'

다카야는 그중 가장 맏형으로 보이는 한 아이에게

다가가더니 다짜고짜 따귀를 때렸다.

"다카야, 뭐 하는 거야?"

민호가 말리는 사이, 아이가 큰 소리로 울기 시작했고 다카야의 눈에도 눈물이 맺혔다.

"민호, 이 아이가 나의 증조할아버지다. 22년 후에 히로시마로 일하러 가서 피폭당하는 바로 그분."

"아……."

민호는 다카야의 눈빛을 바라보며 말을 잇지 못했다. 지켜보는 민호도 마음이 복잡했다. 이 아이는 가해자이면서 동시에 피해자다. 순수하고 동시에 악독하다. 모순되는 것처럼 보이나 서로 배반하지 않는 양가적인 진실이 이 아이를 지배할 것이다. 다카야도 직접 학살을 저지르지 않았지만 처음부터 깊은 연관이 있었다. 모든 일본인이 그렇듯…….

그때 아이들의 아버지가 달려왔다.

"이걸 어떡하면 좋아……."

어른들은 아이들이 저지른 참혹한 범죄를 보았다. 자경단의 아이들이 지역의 기세등등한 부장 경찰을 죽였다. 아버지들은 아이들을 붙잡고 엄하게 다그쳤다. 이 일을 잊으라고, 어디서도 말하지 말라고 신신당부했다. 그들은 교쿠지츠를 가리키며 이 사람은 도깨비도 아니고 조선인도 아니라고 말했지만, 도깨비도 죽여선 안 되고 조선인도 죽여선 안 된다고는 하지 않았다.

다카야는 곁에서 묵묵히 자기 선조의 과거를 지켜보고 있었다. 그 말, 전제부터 잘못된 거 아닙니까? 다카야는 선조들에게 항의하기 위해 자경단 앞으로 나섰다. 교쿠지츠의 죽음을 끝까지 목격한 민호와 다카야를 보며 주민들이 수군댔다.

"이자들을 어떻게 하지? 다 지켜본 것 같은데⋯⋯."

그 순간, 주민들이 은밀하게 눈빛을 교환했다. 그러더니 아이들 앞에서 내려놓았던 무기를 다시 쥐어 들었다. 다카야가 고조할아버지라 생각하는 사람에게 다가가 뭐라고 말을 걸려 하는데, 공중에 떠오른 갈고리와 쇠스랑, 일본도와 낫이 이들을 향했다. 다카야는 뒤로 물러섰다. 민호는 앞서 언덕을 내려간 청년들의 위치를 한번 확인한 뒤 반대 방향으로 달리기 시작했다. 무기들이 민호의 뒤통수를 향해 먼저 날아올랐다.

온몸의 감각이 예민하게 선 그 순간, 무기들이 바닥으로 떨어지는 소리가 들렸다. 민호가 뒤를 돌아보자 자경단이 쓰러진 자리에서 다카야가 테이저건을 들어 보이고 있었다.

"오래 생각했어, 민호. 이번에야말로 다른 선택을 해 보려고 하네."

다카야는 100년쯤 자신의 죄악을 곱씹은 노인처럼 말했다. 민호가 안도의 한숨을 내쉬며 살짝 웃었다.

"그래, 다카야. 이번 선택은 그럴 가치가 있겠나?"

다카야가 곧바로 고개를 끄덕였다.

"그런 것 같군."

다카야는 줄곧 절망하고 체념했다. 도망쳤고 방조했고 자살을 시도했다. 직전에는 민호를 죽이는 일까지 서슴지 않았다. 할 수 있는 모든 일을 해보다가 자신이 민호를 가장 미워하고 있음을 깨달았다. 체념에 압도당할 때마다 이 일은 누가 어떻게 해도 절대로 끝나지 않는다고 생각했다. 오래 곱씹던 다카야는 자신이 단 한 가지 생각만은 고집스럽게 제외하고 있다는 것을 떠올렸다. 바로 직접 민호를 구하는 일이었다. 그 일만큼은 상상해보지도 시도해보려고 하지도 않았다.
무려 300년 동안, 단 한 번도. 그걸 깨달은 후에야 자
신이 최후의 선택이라고 여겼던 방법이 유일한 선택이
아닐 수 있음을 반복해 떠올렸다.

다카야는 그동안 민호의 행동을 오래 곱씹었다. 달
출과 평세, 미야와키의 행동에 관해서도 줄곧 생각했
다. 자신은 감히 시도하지 못했고 도망치기만 했다. 민
호 탓을 했고 약해서 죽은 이들을 책망했고 자신에게
는 책임이 없다는 생각만 했다. 그 순간에도 다른 선
택을 하는 이들이 있었다. 300년을 살며 다카야는 궁
금했다.

'민호는 왜 정의로운 일본인들을 규합하려 했을까?
자기는 한국 사람이면서……'

'자기 선조가 당한 것도 아니면서 민호는 왜 그렇게
울분을 터뜨렸을까?'

'달출과 미야와키는 언어도 잘 통하지 않으면서 어
떻게 서로를 위해 목숨을 걸 수 있었을까?'

'나는, 일본인들은 어떻게 이렇게 태연했을까?'

질문을 떠올릴 때마다 민호와 달출과 평세, 미야와

키의 얼굴이 떠올랐다. 그 얼굴들이 다카야에게 답을 주고 있는 듯했다. 자신은 비겁하게 자기 합리화에 머물며 퇴행했지만 똑같은 순간에 용기를 내어 앞으로 나아간 사람들이 있었다.

언덕을 내려가던 민호와 다카야는 세 청년과 마주쳤다. 모두 지치고 절망스러워 보였다. 뭐라 위로의 말을 전할까 민호가 주저하는 사이, 그동안 단 한 번도 이들에게 가까이 다가오지 않았던 평세가 민호를 향해 손을 뻗었다. 민호는 악수로 생각해 평세의 손을 꽉 잡았다. 잠시 움찔하던 평세는 눈을 감고 한동안 민호의 손을 붙잡았다. 조금씩 민호의 손을 통해 평세의 악력이 강해졌다. 평세는 민호를 향해 살짝 웃어 보였다. 그러더니 이번에는 다카야를 향해 손을 내밀었다. 평세는 눈을 감고 살짝 고개를 끄덕였다. 평세는 다카야의 어깨를 살짝 두드리고는 달출과 미야와키가 기다리는 곳으로 걸어갔다. 평세는 어디로 갈까? 그의 삶에 관해 어떤 기록이 남을까? 민호는 평세의 뒷모습을 한참 바라보았다.

날짜가 바뀌어 9월 5일이 되자 세 청년과 다른 방향으로 언덕을 내려가던 민호와 다카야가 투명하게 모습을 감췄다. 어떤 것은 변했고 어떤 것은 여전한 모습 그대로 그들의 등 뒤에 남은 채. 민호와 다카야는 원래 자리로 돌아갔다. 이번에 두 사람은 함께였다.

민호와 다카야는 비석이 늘어선 작은 묘지로 돌아
왔다. 다카야가 시계를 보며 낮게 소리쳤다.

"시계가 가고 있어……!"

다카야는 감격했다. 원래 살았어야 하는 자신의 미
래를 간신히 허락받은 것만 같았다. 기나긴 고통이 드
디어 끝난 듯했다.

"오, 축하하네. 다카야 군."

민호는 뜬금없이 시계 얘기나 하는 다카야를 힐끗

보고는 예사롭게 말하며 주변을 돌아보았다.

"근데 여긴 어디지?"

나흘 전에 왔던 카타콤베가 아니었다. 한적한 시골 마을, 어디에나 있을 법한 평범한 묘지였다. 눈앞의 비석이 쓰러지지 않고 깨지지 않은 채로 반듯이 서 있는 것만으로도 민호는 안도했다.

"무덤들의 무덤은 아닌 모양이야."

민호가 무언가 과거를 바꿔낸 게 있는 걸까? 정확한 건 위원회 사무실에 가봐야 알겠지만 눈앞의 풍경이 바뀐 것만으로 민호는 가슴이 뛰었다. 민호는 이번 검증단 참여를 통해 무언가 바뀌었음을 감지했다. 무엇이 어떻게 바뀐 거지? 무언가가 바뀐 것은 분명했다.

민호는 떨리는 마음으로 비석들을 하나씩 살펴보았다. 그리고 낯익은 이름이 쓰인 추모비를 하나 발견했다.

마달출의 묘(馬達出之碑)

미야와키 다츠시의 묘(宮脇辰至之碑)

"아……."

민호는 낙담했다. 결국, 어차피, 같은 체념을 재촉하는 단어가 떠올랐다. 그런데 잘 보니 이전의 카타콤베에선 따로 있던 비석이었는데 지금은 두 명의 이름이 동시에 새겨진 비석으로 바뀌었음을 알 수 있었다.

비석 옆면에는 방금 민호와 다카야가 목격하고 온 상황이, 정확히는 자신들이 떠난 이후의 상황이 고스란히 암시되어 있었다.

두 사람은 1923년 9월 1일 발생한 도쿄 지역의 지진 피해를 피해 이곳에 왔으나 불의의 횡사를 만났으니 지역의 뜻있는 자들이 무연고자들의 불행을 불쌍히 여겨 이 추모비를 세운다.[18]

함께 피하고 같이 도망치고 나란히 맞서서 서로를 지켜냈던 달출과 미야와키였지만 두 사람은 결국 살육의 현장을 피하지 못했다.

비석에는 이름 외에는 나이도 출신도 연유도 적혀 있지 않았다. 무연고자라는 표현에 민호는 왈칵 화가 났다. 의도치 않게 비명횡사를 했다는 표현 속에는 책임자가 누구인지 왜 죽였는지 언제 어떻게 죽였고 그 죽음 이후 가해자가 처벌받았는지 아무것도 알 수 없었다. 경찰과 군대가 개입해 학살을 주도했다는 이야기 역시 일절 언급되지 않았다.

"불쌍히 여기다, 라니……."

민호가 쓱, 하며 헛소리를 냈다. 추모비를 세운 이들의 선의를 이해하더라도 지나치게 안이한 표현이었다. 무고한 자들이 죽어가는 동안 아무것도 하지 못한 자들이 느낀 부끄러움까지 애써 감춘 듯 읽혔다.

"결국 아무도 구하지 못했어."

학살은 시간 여행자가 막을 수 없는 사건이었다. 미래가 아무리 개입해도 사람들은 학살에 기꺼이 가담했다. 민호는 무력감을 느꼈다. 어차피 자신과 같은 개인은 역사의 주인공도 아니다. 이리저리 모두를 휩쓰는 각종 광풍 속에서 바쁘게 살다 보면 실은 제 삶의 주인인지도 알 수 없었다. 그러니 불가역적 상황 속에서 대단한 역할을 감당할 수 있다거나 거대한 흐름을 만들 수 있다거나 자신이 주도해 역사를 바꿀 수 있다고는 생각하지 않았다. 다만 싱크로놀로지 프로젝트

안에서 적어도 안전하다는 생각에, 평소에 하지 않았던 선택을 시도했을 뿐이었다.

실은 민호 자신도 1923년에 일본인이었다면 자경단과 똑같이 판단하고 움직였을 거라는 상상을 한 적이 있었다. 그 상상이 가장 무서웠다. 약자에 대한 혐오가 조장되고 장려되는 한, 민중의 민중에 대한 학살은 언제든지 재현될 수 있는 일이라는 것을 민호는 알았다.

하지만 분명히 변한 것이 있었다. 아무런 기록도 암시도 없는 비석을 민호는 한참 들여다보았다. 달출과 미야와키, 그리고 이름조차 남지 않은 평세는 죽는 순간까지 끊임없이 움직이며 자기 생을 살아냈다. 무덤이 되어버린 세상을 통과해 앞으로 나아갔다. 검증단에 참여하기 전까지 민호는 당시를 간단하게 처참한 살육으로만 여겼다. 하지만 잊힌 역사 속에서도 약자인 자신들의 해방을 위해 움직인 사람들이 있었다. 민호가 방금 만나고 온 이들이 그랬다.

혹시 과거에 보내진 검증단들도 저마다 변화를 시도한 것은 아닐까? 과거에 영향을 끼쳐 조금이라도 바꾸었다면, 바뀌었기에 후대 사람들은 알아차리지 못하는 거다. 그러니 과거는 역동적이었다. 언제고 고정되지 않고 계속 변모하고 있다고 말할 수 있을 만큼.

민호는 무덤 입구에 놓인 깨끗한 물을 가져와 비석을 씻었다. 작은 빛이 반사되어 검은 돌 표면이 반짝였다. 작은 반짝임 속에서 미세하게 다채로운 색깔과 질감을 느꼈다. 증언과 증언 사이, 기억과 기억 사이, 기록과 기록 사이의 공백이 그렇듯.

싱크로놀로지를 통해 산 자와 죽은 자들이 대화했다. 미래의 관점이 과거에 개입했고 죽음이 확정된 자들의 남은 이야기를 제대로 살리기 위해 뛰었다. 대지진과 학살 자체는 막지 못했지만 사람이 죽는 곳에도 생의 이야기가 발견되었다. 민호는 자신이 아직 모를 뿐 달출과 미야와키가 싸워온 현장의 이야기는 분명히 더 있을 거라고 확신했다.

평세는 어떻게 되었을까? 그는 흔적조차 남지 않았다. 자기 이름을 말할 수 없기 때문에 자기 죽음을 알리지도 못한 걸까? 그의 아버지가 풍세라는 이름을 지으며 아들의 삶을 축복했던 것만큼 풍요롭고 풍족하진 않더라도 평세는 자기 이름처럼 평화롭고 평범한 세상에서 살길 바랐다. 살아서도 제대로 된 이름으로 불리지 못했지만 그의 진짜 이름의 뜻을 달출만은 알고 있었다. 달출이 그의 곁에 있어 평세 이름의 뜻을 완성시켰다. 그 사실을 민호는 나흘간 똑똑히 지켜보았다.

'평세는 분명히 무사했을 거다. 그래서 여기 없는 거야.'

민호는 그렇게 믿어보려 했다.

비석 곁에 한참 서 있던 다카야가 주머니에서 소형 녹음기를 꺼냈다.

"소요카제 재단이 확인을 원했던 총 여덟 개의 증언을 다 녹음해 왔어. 증언자들은 기억이 애매하더군. 당시 학살을 목격한 장소를 실제로 가보니 완전히 일치하지 않았지. 증언자는 집 앞에서 비명이 들렸다고 기억해 학살 장소를 집 앞 공터라고 추정했는데 가서 확인해보니 그의 집 뒤 강가에서 학살이 벌어졌더라고. 다 이런 식이야. 이런 '사실'을 재단은 좋아하겠지. 기억이 애매해 증언의 신빙성도 없다고 말일세."

민호는 얼굴을 찌푸렸다. 결국 다카야는 복권과도 같은 자신의 미래 자산을 포기할 수 없을 것이다.

　그 순간 다카야가 녹음기를 밟아 부수더니 파편 위에 생수를 부었다.

　"어이쿠, 그래도 괜찮겠나, 다카야?"

　민호는 그가 포기한 것이 상당히 큰 이익임을 알고 있었기에 진심으로 놀랐다. 다카야가 손목시계를 들어 보였다.

　"내 시계가 앞으로 가고 있다는 것보다 가치가 있을 순 없지."

　속을 알 수는 없지만 악의는 없는 듯하다는 느낌에 민호는 웃었다.

　"와, 도대체 무슨 브랜드야? 엄청 비싼 시계로군?"

　다카야는 결심한 듯 민호에게 말했다.

　"몇 가지 자료를 모아뒀어."

　다카야는 은폐된 기록을 이미 알고 있었고 공문서가 삭제되기 전에 미리 해당 기록들을 따로 정리해두었다. 다카야는 자신이 모은 자료들을 쭉 읊었다. 자료를 데이터와 출력물로 저장해 숨겨둔 비밀 장소까지 민호에게 말했다.

"나흘 동안 그 많은 기록을 모았다고? 물리적으로 이동이 불가능했을 텐데."

다카야는 고개를 저었다. 다카야가 이 학살을 마주한 기간은 무려 300년이었다.

"재단은 곧 장학금을 몰수할 거고 나를 두고 재일 조선인 출신이라는 둥 거짓 인신공격을 시작할 거야. 사실이 아니라고 항변할수록 재일 조선인은 원체 거짓말쟁이에 배신자라는 식의 편견까지 따라붙겠지. 늘 그래왔듯이."

민호도 예상되는 상황이 떠올라 고개를 끄덕였다. 다카야에게 도움 될 말은 아무것도 해줄 수가 없었다. 민호는 다카야가 왜 이런 말을 하는지 의아했다.

"그때가 되면 자네가 이 일을 같이 해줬으면 하네."

"내가?"

나는 너의 가족도 아니고 친구도 아닌데? 민호는 따라오려는 말을 애써 삼켰다.

"줄곧 민호 자네에게 발목 잡혀 살았다고만 생각했는데 이제 보니 그 반대인 것 같구먼."

다카야의 여전히 늙수그레하게 느껴지는 말투에 민호는 다카야의 원래 말 습관이겠거니, 하며 슬슬 맞장구를 치기 시작했다.

"그래 다카야 군, 뭐가 반대라는 것인가?"

"그날은 우리에게 계속 기회를 주고 싶은 게야."

민호가 다카야의 말을 이어서 말했다.

"음, 바로잡을 기회?"

"과거를 바꿔낼 기회."

다카야가 자세를 바로잡더니 고개를 깊이 숙여 민호에게 사죄의 인사를 했다.

"뭐야, 왜 이래. 나한테 사죄할 일은 없잖아?"

민호가 다카야의 인사에 어리둥절해했다. 다카야는 오래 허리를 숙였다가 천천히 몸을 일으켰다. 그러더니 손목시계를 풀어서 민호에게 건넸다. 민호가 시계를 빤히 들여다보더니 환하게 웃었다.

"오, 근데 자네 이렇게 비싼 걸 나한테 줘도 되겠나?"

두 사람은 묘지를 나섰다. 그때 작은 꽃을 들고 묘지를 찾는 사람들과 스쳤다. 성별도 나이도 국적도 제

각각으로 보이는 그룹이었다. 사람들이 마달출과 미야와키의 추모비에 꽃을 놓았다. 그 모습을 민호는 잠시 바라보며 상상했다.

저들은 혹시 평세의 후손일까? 아니면 태안이 가족들의 후손일까? 사요가 구해준 아기 엄마의 후손이거나, 사요의 후손, 어쩌면 나가야에서 달출과 평세가 함께 일했던 형님들의 후손일까? 혹은 각지에 추모비를 세웠던 양식 있는 시민들과 그의 후손들일지도 모른다. 아니, 어쩌면 교쿠지츠나, 자경단, 또는 교쿠지츠를 죽인 아이들의 후손일지도, 어쩌면 살육 당시를 목격해 증언한 사람의 후손일지도 몰랐다. 혹은 어쩌면 그날과는 아무런 관련이 없지만 죽어간 사람들의 여전히 살아 있는 이야기를 어느 때곤 가만히 들여다보려는 사람들일지도.

1) 라틴어 '*catacombes*(무덤, 지하 묘지)'의 일본식 발음.

2) 내무성 경찰국이 발표한 간토 지방 조선인 인구는 1922년 6,102명, 1923년 6,089명이었다. 그 외에도 1923년 유학생을 포함해 1만 3,000여 명이 거주했다는 기록도 있으며, 와타나베 노부유키는 《한국과 일본, 역사 인식의 간극》(이규수 옮김, 삼인, 2023)에서 2만여 명으로 추정하기도 함.

3) 공식 소방대원이 아니라 소방 활동을 하던 주민 자치조직을 지칭.

4) 스미다구 요코아미초 공원에 4만 명이 피신해 왔지만 화염이 덮쳐 3만 8,000여 명이 사망했다. 이곳에 도쿄도가 건립한 위령당이 세워지나 조선인 학살에 대한 이야기는 존재하지 않는다. 매년 9월 초 조선인 학살 추도회가 이곳 위령당 한쪽에서 경찰들에게 포위된 모양새로 거행된다.

5) 정부 주도 사업을 받아 인력을 관리하던 하청 조직, 조합의 형태를 띠고 있는 소규모 사업장을 말함.

6) 건설 현장에서 무거운 짐을 이동하거나 사고 현장에서 화재를 진압하기 위해 사용하는 도구.

7) 9월 1일 저녁 이후 화재가 일어난 도심을 피해 아라카와강 방수로 제방에 밀려든 사람들을 고마쓰가와 경찰서는 약 15만 명으로 전하고 있다(가토 나오키,《구월, 도쿄의 거리에서》, 서울리다리티 옮김, 갈무리, 2015).

8) 불령, 불령선인. 일제 강점기에 불온하고 불량한 조선 사람이라는 뜻으로, 일본 제국주의자들이 자기네 말을 따르지 않는 한국 사람을 이르던 말(《문화원형 용어사전》). 현대식으로 해석하면 '정치적 테러분자' 같은 선입견이 포함되어 있음.

9) 1895년 동학농민운동 중 일본군이 전남 나주에서 벌인 학살, 강간, 약탈 사건.

10) 맥락상 이토 히로부미를 지칭. 1909년 안중근에게 암살당하기 전, 이토 히로부미는 세 번에 걸쳐 내각총리대신 역임.

11) 3·1독립만세운동.

12) 예다(穢多) 계급은 가축의 도살, 형장의 사형 집행인, 피혁 가공 등의 직업에 종사하는 최하층 천민.

13) 일본식 버선. 우리나라와 다르게 밑창이 있음.

14) 《도쿄 아사히 신문》 1919년 3월 10일 자(가토 나오키, 같은 책에서 재인용).

15) 아나키스트 오스기 사카에는 9월 16일 헌병(비밀경찰)에 의해 학살당함.

16) 아쿠타가와 류노스케 소설《모모타로》의 대사를 재구성.

17) 일본식 도깨비.

18) 両人ハ大正十二年九月一日東京地方振災ニ會シ免レテ當地ニ来タリ候テ不慮ノ横死ヲ遂グ 地方ノ有志其無縁不幸ヲ憐ミ碑ヲ建テ弔トナス.

  어린 시절 목격했던 조선인 학살 현장을 성인이 되
어 증언한 故 야기가야 다에코 씨와 그의 유지를 이어
가시는 따님 야기가야 마리 씨, 그리고 마리 씨를 통
해 만나게 된 故 정종석 씨, 니시자키 마사오 씨, 다큐
멘터리 감독 오충공 씨, 고려박물관 양유하 씨를 비롯
해 1923년을 잊지 않으려는 많은 활동가와 재일조선
인들에게 감사와 존경의 인사를 드린다. 또한 《9월, 도
쿄의 거리에서》 저자이신 가토 나오키 씨, 부락해방동
맹 이게타 씨, 요시다 씨, 무라타 씨, 그리고 실존 인물
기타가와 사요의 이야기를 들려주신 손녀 기타가와
쿄코 씨에게도 감사드린다. 참혹한 학살을 조사하는
도중에 이 일을 기억하고 추념하는 일에 평생을 헌신
한 사람들을 병행하여 만났다. 이 제노사이드를 사람

의 얼굴과 함께 직시하게 된 것은 온전히 활동가들 덕분이다.

답사에 참여했던 곳 중에는 내가 살고 있던 지역과 아주 가까운 장소도 있었다. 평소 자전거로 지나가던 길에 놓인 돌 하나, 나무 한 그루에 피로 물든 역사가 줄곧 놓여 있었다. 길가에 아무렇게나 방치되어 있는, 곧 흔적도 연유도 몰라 사라지고 말 작은 돌 하나이지만 100년 혹은 1,000년이 지나도, 발견되기만 한다면 오늘의 이야기로 다가올 터다. 한참 늦게 이 이야기를 접한 내가 그랬듯.

현장을 보았기에 아무래도 감흥이 달랐다. 억압받고 무시당하고 존엄을 훼손당했을지언정 하나하나 생생했을, 한때 역동적으로 꿈틀댔을 생명의 무게 때문일 것이다. 그리고 조금이라도 비석의 한 귀퉁이를 발견하는 사람이라면 은폐된 죽음과 이를 둘러싼 이 세계의 무게에 압도당하는 듯하다. 이곳이 제노사이드의 현장이었다는 것에, 우리가 공범, 무력한 방관자 혹은 목격자라는 것에……

과거를 새로 쓰는 작업을 SF소설이라는 형식을 통

해 시도하고 있다는 점을 자부하고 있다. 당시의 진실을 찾아보려는 누군가와 현장을 잇는 일에 이 소설이 작은 다리가 되었으면 한다. 작품도 작가도 여전히 부족함이 많지만 숨겨진 수많은 이야기의 작은 귀퉁이가 되면 좋겠다. 이야기는 더 필요하다.

그리하여 완전히 얼굴을 바꿔 새로운 미래가 될, 역동적인 과거를 꿈꾸며……. 2023년 현재형으로 목격하는 굴욕적인 역사도 우리는 전혀 다른 과거로 새로 빚어낼 것이다.

2023년 여름
황모과

　패배와 수탈의 순간, 학살과 강제의 시간을 역사로 경험한 우리에게 과거로 돌아간다는 것은 때로 묘한 설렘을 갖게 한다. 그때로 돌아간다면, 어쩌면. 그래서일까 회귀 혹은 타임슬립을 통해 지나간 역사에 개입한다는 설정은 마음속 어떤 울분을 묘하게 간질거리게 한다.

　여기 황모과의 SF소설 《말 없는 자들의 목소리》가 있다. 작가의 전작 《우리가 다시 만날 세계》(문학과지성사, 2022)처럼 이 소설 역시 시대의 제노사이드, 학살과 광기를 소재로 하고 있다. 소설의 세계에서 우리는 '싱크로놀로지'라는 시스템을 통해 과거의 어떤 순간을 지켜볼 수 있다. 그렇다. 볼 수 있을 뿐 역사를 바꿀 수는 없다. 그저 지켜보며 기록된 역사를 평가할 뿐이다.

1923년 관동대지진 이후 조선인 학살이 벌어지는 현장의 시공간으로 이동된 2023년의 민호는 이 사건을 바꿔낼 수 없지만 사람을 살리기 위해 개입하고 살해당한다. 그리고 이것을 그저 지켜만 보던 다카야는 이 잔혹과 야만의 시간을 끊임없이 공전하게 된다. 그게 이 소설의 시작이다.

역사는 바뀌지 않았지만 그 역사의 소용돌이를 겪은 사람들은 변한다. 죽어간 사람들의 여전히 살아 있는 이야기를 가만히 들여다보는 순간, 역사는 바뀌지 않아도 전진한다. 학살의 비극은 여전하지만 그 심연의 야만을 버티고 바라봐야 한다. 그것이 바로 황모과의 문학이고 과학이라고 생각했다. 시계의 초침이 뒤로 가는 순간 환상이 생기고 삶이 변하는 것이 아니라 앞으로 가야만 그다음을 볼 수 있는 것이라고. 그것이 지금 과학이 인간과 문학에게 주는 가장 유일하고 소중한 선물이라는 것을 느끼게 해준다. 학살의 시간이 흐른 지 100년. 그동안 우린 또 다른 학살과 혐오와 광기의 순간들을 겪었다. 이제 그 모든 야만의 시간에 안녕을 고하고 미래를 향해 걷는 두 청년의 모습을 상상해봤다. 책의 마지막 페이지를 덮고, 차가운 얼음물을 한잔 마셨다. 그리고 다시 첫 페이지로 돌아가본다. 반복해도 즐겁고 다를 것 같은 문장들이다. 올여름, 정말 고마운 소설이다.

— **변영주**(영화감독)

1923년 9월 1일, 리히터 규모 7.9의 위력을 가진 일본의 관동대지진이 시작된다. 지옥의 문이 열린 순간 조선인들은 증오와 혐오의 작살에 노출되고, 수많은 사람이 학살된다. 그러나 이 사실을 우리는 여전히 잘 알지 못한다. 이 소설이 아픈 역사를 담으려 했다는 시도에 감사함을 느끼는 동시에 자괴감도 든다. 이제 '말 없는 자들의 목소리'에 귀를 기울여보자.

— **최태성**(역사 강사, 작가)

말 없는 자들의 목소리

초판 1쇄　2023년 8월 15일
초판 3쇄　2023년 10월 23일

지은이 | 황모과

발행인 | 문태진
본부장 | 서금선
책임편집 | 최지인 장서원 이은지

기획편집팀 | 한성수 임은선 임선아 허문선 이준환 이보람 송현경 유진영 원지연
마케팅팀 | 김동준 이재성 박병국 문무현 김윤희 김은지 이지현 조용환
디자인팀 | 김현철 손성규　저작권팀 | 정선주
경영지원팀 | 노강희 윤현성 정헌준 조샘 서희은 조희연 김기현
강연팀 | 장진항 조은빛 강유정 신유리 김수연

펴낸곳 | (주)인플루엔셜
출판신고 | 2012년 5월 18일 제300-2012-1043호
주소 | (06619) 서울특별시 서초구 서초대로 398 BnK디지털타워 11층
전화 | 02)720-1034(기획편집) 02)720-1024(마케팅) 02)720-1042(강연섭외)
팩스 | 02)720-1043　전자우편 | books@influential.co.kr
홈페이지 | www.influential.co.kr

ⓒ 황모과, 2023

ISBN　979-11-6834-119-7　(03810)